La bague maléfique

Biographie

R. L. Stine est né en 1943 à Colombus aux États-Unis. À ses débuts, il écrit des livres interactifs et des livres d'humour. Puis il devient l'auteur préféré des adolescents avec ses livres à suspense. Il reçoit plus de 400 lettres par semaine ! Il faut dire que, pour les distraire, il n'hésite pas à écrire des histoires plus fantastiques les unes que les autres. R. L. Stine habite New York avec son épouse Jane et leur fils Matt.

R.L. Stine

Chair de poule®

La bague maléfique

Traduit de l'américain
par Shaïne Cassim

Dixième édition

bayard jeunesse

Titre original
GOOSEBUMPS SERIES 2000 n° 18
Harrors of the Black Ring

Loi n° 49-956 du 16 juillet 1949
sur les publications destinées à la jeunesse
Dépôt légal mai 2010

ISBN : 978-2-7470-3314-5

Avertissement

Que tu aimes déjà les livres ou que tu les découvres,
si tu as envie d'avoir peur, **Chair de poule** est pour toi.

Attention, lecteur !

Tu vas pénétrer dans un monde étrange
où le mystère et l'angoisse te donnent rendez-vous
pour te faire frissonner de peur... et de plaisir !

1

– Beth ! Tu avais promis ! pleurnichait Amanda. Tu avais juré de m'emmener au zoo après l'école !

– Je ne t'ai rien promis du tout !

Par cette chaude journée de printemps, ma petite sœur voletait autour de moi comme un moustique.

En réalité, à sept ans, Amanda ressemblait assez à un insecte : cheveux noirs courts, bras maigres, jambes comme des bâtons de sucette, petit menton pointu et énormes yeux noirs. Je relevai mon pantalon extra-large et la chassai d'un geste de la main.

Je suis si différente d'Amanda que l'on ne devinerait jamais que nous sommes des sœurs. Mes cheveux roux tombent sur mes épaules et des milliers de taches de rousseur parsèment mon visage. J'ai deux billes bleues à la place des yeux et ma figure est toute ronde. Je ne me trouve pas très jolie. Mais au moins, moi, je ne ressemble pas à un insecte. Amanda se planta devant moi :

– Be-e-eth ! gémit-elle. Je ne suis pas folle. Tu étais d'accord hier soir. Tu as dit qu'après l'école on ferait ce que je voudrais.

– Jamais de la vie ! Tu as mal compris. Maintenant, pousse-toi de mon chemin. On va être en retard à l'école.

– S'il te plaît ! Ces jolies petites chèvres me manquent tellement !

– Elles ne te manquent pas du tout ! Tu as juste envie de leur tirer des élastiques à la tête, oui !

C'est vrai. Elle leur lance des élastiques pour observer leur réaction. J'adore les animaux et je ne supporte pas de les voir souffrir.

– En plus, je n'ai pas le temps aujourd'hui. Je dois travailler à la préparation du carnaval de printemps après l'école, ajoutai-je.

– Le carnaval de printemps, mon œil ! se moqua Amanda. Dis plutôt que tu dois t'occuper de ton dossier top secret n° 1. Celui qui s'appelle « J'aime Danny Jacobs ».

Je me sentis rougir :

– De quoi tu parles ?

– Je sais que tu craques pour lui.

– Pour Danny Jacobs ? Ça ne va pas ? m'énervai-je.

– Tu ne prépares le carnaval que parce que c'est lui qui s'en occupe !

– Mais moi aussi ! Nous travaillons au comité d'organisation avec Tina Crowley.

Amanda roula des yeux :

– C'est ça ! Ta mission consiste surtout à être avec Danny Jacobs. Voilà pourquoi on ne va pas au zoo.

– Amanda, tais-toi ! Tu racontes n'importe quoi ! hurlai-je hors de moi. Je...

Un cri strident m'interrompit. Je me retournai.

– Anthony ! Oh non ! suffoquai-je.

Anthony Paul Gonzales dévalait la rue à toute allure sur son vélo.

– Attention ! hurla-t-il. Je n'ai pas de freins !

Un camion arrivait droit sur lui. Il fit un violent écart sur le trottoir en criant. Le poids lourd vrombit au passage. Anthony fondit alors sur nous.

– Poussez-vous !

À la dernière minute, il serra ses freins avant de filer droit devant lui. Cramponnées l'une à l'autre, Amanda et moi essayions de reprendre notre souffle.

– Espèce d'imbécile ! Tu as failli nous renverser !

Anthony ricana méchamment. Je détestai ce rire diabolique.

– Beth, comment peux-tu encore tomber dans le panneau ? Ce bon vieux coup des freins en panne ! Tu es trop naïve !

– Pas du tout ! C'est toi qui n'as pas réussi à nous avoir.

– Tu ne nous as même pas vues, siffla Amanda. C'est à cause des lunettes de soleil fumées.

Anthony ajusta fièrement sa monture.

– Elles sont pas mal, hein ? C'est mon frère qui me les a offertes. Elles coûtent cent dollars.

– Il n'a que ça à faire, ton frère ? T'acheter des lunettes à cent dollars ? marmonna Amanda.

Anthony est dans la même classe que moi. Description : grand, mince avec des cheveux noirs et courts. Passe-temps favori : imaginer des blagues idiotes. Tout le monde en fait les frais. Il se trouve drôle, en plus.

Deux ans plus tôt, il m'avait raconté que Benson — mon chat — avait été renversé par une voiture.

« Je l'ai vu étendu, raide mort, dans la rue ! » prétendit-il.

J'adorais Benson. Je hurlai avant de me précipiter à sa recherche. Mon chat était installé dans le jardin, très occupé à lisser son poil. Sain et sauf.

Benson mourut de vieillesse l'an dernier. Quand j'annonçai sa disparition à Anthony, il éclata de rire. Ce garçon me glace les sangs. Depuis quelque temps, il est infernal avec moi. Il voulait participer à l'organisation du carnaval, mais la classe n'a pas voté pour lui. Depuis, il se venge sur moi. Malheureusement, je ne peux lui rendre la pareille. Je ne suis pas bonne en méchancetés. Je devrais prendre des cours auprès d'Amanda. Elle est très douée.

– Allez, au revoir à l'école, pauvre cruche ! lança-t-il avant de déguerpir.

Je remarquai alors quelque chose sur le trottoir juste devant lui. C'était petit et noir. Remuant par à-coups. Je compris en un éclair.

Un oiseau ! Il allait lui rouler dessus !

– Anthony ! hurlai-je. Stop !

Il continua à pédaler. Je bondis et attrapai la selle de son vélo. Je m'y agrippai de toutes mes forces.

– Ça ne va pas ? Lâche-moi !

Je l'arrêtai juste à temps. Il avait failli écraser l'oiseau. J'explosai de colère :

– Regarde ! Il est blessé à l'aile ! Tu as manqué de le tuer.

– De toute façon, il est à moitié mort, grommela Anthony.

Je m'agenouillai auprès de l'animal : il luttait pour reprendre son envol. Hélas, son aile gauche restait immobile.

– Pauvre petit oiseau !

– Pauvre petit oiseau ! me singea Amanda. Franchement, quelle andouille !

Je ne lui prêtai pas attention et je recueillis délicatement l'oiseau dans ma main.

– Une vraie chochotte ! marmonna Anthony.

– Préviens Mlle Gold que je serai en retard, lançai-je à Anthony. Je vais ramener cette pauvre bête à la maison. Ne t'inquiète pas, on va te soigner, mon petit ! Tu vas guérir, n'est-ce pas ?

Je lui caressai doucement la tête.

Amanda soupira :

– Beth, tu es vraiment trop niaise.

– Tais-toi ! Va plutôt en cours !

– Hé ! Beth ! Regarde ! s'écria Anthony.

Ses lunettes noires lui donnaient l'air menaçant.

– Tu sais à quoi servent les vélos ? À écrabouiller !

Il désigna un ver de terre qui se tortillait sur la chaussée. Avant que je ne puisse tenter un geste, il roula dessus. Je poussai un cri indigné.

– Anthony ! Comment as-tu pu faire une chose pareille ?

Anthony et Amanda éclatèrent d'un rire moqueur.

– Chaque être vivant est important ! Même les vers de terre ! Vous êtes des monstres ! hurlai-je.

Ils s'esclaffèrent de plus belle.

– Un jour, vous ne trouverez plus ça drôle, parce que c'est vous qui serez écrabouillés. Peut-être même que ce sera par moi.

Anthony rit de nouveau tandis qu'Amanda déclara, sarcastique :

– Je suis morte de peur !

Je leur tournai le dos et emportai l'oiseau à la maison.

Je me fichais pas mal de leurs moqueries !

***

– Je suis désolée. Je suis en retard, Mademoiselle Gold, m'excusai-je une heure plus tard.

Mlle Gold me sourit :

– Anthony m'a expliqué pourquoi. Comment se porte l'oiseau ?

– Je pense que ça va aller. Maman le montre au vétérinaire cet après-midi.

– Très bien, Beth. Tu es une fille responsable.

Elle me sourit à nouveau. Je m'assis à ma place.

Elle avait vraiment un beau sourire. Des dents parfaitement blanches et des yeux pétillants.

– Il y a parfois des choses plus importantes que d'arriver à l'heure en cours, poursuivit-elle. Sauver une vie, par exemple, même celle d'un oiseau.

Je rayonnais de joie. Tout le monde aimait Mlle Gold. Elle était jeune et belle. De splendides cheveux blonds encadraient son visage. Elle avait quelques taches de rousseur sur le nez, qui lui donnaient l'air d'une petite fille.

– Je vous rends vos devoirs. Je suis très fière de vous tous. Vos copies sont excellentes.

Lorsqu'elle me rendit la mienne, je vis quelque chose briller sur sa main.

– Oh, vous avez une nouvelle bague, Mademoiselle Gold !

– Oui. Comment la trouves-tu ?

Elle tendit sa main. Je découvris la bague la plus étrange que j'aie jamais vue. Une pierre noire et brillante était montée sur un épais ruban foncé.

Comme elle étincelait, je ne pus la voir très bien. Je me penchai. Soudain, je sursautai.

– Mademoiselle Gold, balbutiai-je. Elle a bougé. Il y a quelque chose de vivant à l'intérieur !

2

Je regardais fixement la bague. Une forme floue bougea dans la pierre. Elle remua comme si elle était *vivante*... Mlle Gold tourna le bijou à la lumière. En regardant de plus près, je crus voir apparaître un visage sévère, puis des yeux aux sourcils froncés.

– Qu'est-ce que c'est ? On dirait un visage ! suffoquai-je.

– Un défaut de la pierre, sans doute, expliqua Mlle Gold. À la lumière, la fêlure a dû t'évoquer une tête.

J'acquiesçai. Fascinée par la monstrueuse tête, je ne pouvais quitter le bijou des yeux. Un frisson de dégoût me parcourut.

– Une illusion d'optique, murmura Mlle Gold. Alors, tu aimes ?

Je déglutis difficilement :

– Euh... oui. Je n'arrive pas à m'en détacher.

Elle sourit :

– Je sais. J'ai la même réaction.

– Où l'avez-vous trouvée ?

– Je l'ai ramassée dans le parking de l'école. Je me suis dit que j'allais la porter le temps que sa propriétaire la réclame.

– Personne ne l'a encore fait ?

– Non. Et c'est plutôt une bonne chose, parce que la bague est comme collée. Je ne peux plus la retirer.

Elle essaya de la faire glisser. Impossible ! Elle semblait soudée à son doigt.

– On dirait qu'elle est crispée dessus.

Mlle Gold finit de rendre les copies. Mon attention demeura fixée sur le bijou. Je repris mes esprits lorsque Mlle Gold regagna son bureau.

– Je sais que vous préparez activement le carnaval de printemps, déclara-t-elle. Vous avez des travaux à effectuer pour le stand des œuvres d'art. Et le comité qui s'occupe de la nourriture a beaucoup de cuisine à faire.

Elle marqua une pause et nous sourit.

– En conséquence, je ne vous donne pas de devoirs pour cette fin de semaine.

La classe poussa des cris de joie. Cette prof était vraiment géniale ! Le cours de géographie commença. Mlle Gold accrocha une carte sur le tableau.

Sa bague noire étincela de mille feux. Je continuai à penser au visage que j'avais vu dedans.

« Mlle Gold a raison, me dis-je. Ce n'est qu'une sorte de défaut de la pierre. Cela *ressemble* à une figure, mais il n'en est rien. »

Effrayée, je me répétais sans cesse : « *On dirait* qu'elle bouge, mais ce n'est qu'une impression. »

3

Désespérée, je reposai mon pinceau sur la table.

J'étais en train de représenter deux mains jointes sur ma feuille. Du moins, j'essayai. « Super idée d'avoir choisi le symbole de la fraternité, Beth ! Tu as juste oublié que dessiner des mains était très difficile. »

– Je suis stupide ! marmonnai-je.

– C'est ce que je me répète à longueur de journée à ton sujet, persifla Anthony. Cette pauvre Beth est d'une bêtise !

Je le fusillai du regard. Hélas ! Je ne trouvai rien à rétorquer. Inutile de répondre d'ailleurs, Anthony avait toujours le dernier mot.

Nous travaillions sur nos projets pour le carnaval. J'étais responsable de la vente des peintures. Danny s'occupait des jeux et des activités. Tina Crowley, elle, était chargée de la nourriture.

Je revins à ma feuille. Je fus atterrée. Les doigts étaient affreux, boudinés et bien trop courts. Personne ne voudrait de *mon* œuvre. Anthony, qui était à la table derrière moi, se pencha :

– Félicitations, Beth ! Qu'est-ce que c'est ? Des vers de terre qui rampent sur une tranche de jambon ?

Je rougis violemment. Heureusement, Danny Jacobs n'entendit pas la remarque d'Anthony. Il modelait une figure en argile. J'admirai ses cheveux couleur miel, ses grands yeux bruns avec de très longs cils. Un peu plus grand que moi, très sportif, il était l'un des meilleurs joueurs de l'équipe de football. Au bout d'un moment, je revins à mon dessin.

– À moins que ce ne soit deux plantes vertes qui se serrent la main ? continua-t-il en ricanant.

– Puisque tu es si malin, voyons ton chef-d'œuvre ! répliquai-je.

Il sourit méchamment :

– Tu vas adorer !

Je m'approchai et sursautai en découvrant son dessin : une fille au visage rond dont les yeux louchaient horriblement.

– Est-ce que c'est censé être moi ? criai-je.

– Bravo ! Tu as gagné !

J'eus du mal à avaler ma salive. Je ne voulais pas qu'il sache que j'étais blessée.

– Tu devrais enlever tes lunettes de temps en temps ! Tu me verrais mieux. Je ne ressemble pas du tout à ça !

Anthony baissa ses lunettes sur son nez :

– Tu as raison ! J'avais oublié ton teint brouillé.

J'ouvris la bouche, mais je ne sus le remettre à sa place. « Un jour je l'aurai ! Si seulement je savais comment… »

Je jetai encore un œil vers Danny. Il était en train de laver ses mains pleines de terre. « Enfin une occasion de lui parler ! »

Je traversai la pièce pour le rejoindre au lavabo.

– Salut, Danny. Ta sculpture avance bien ?

– Pas trop mal ! répondit-il.

Je m'éclaircis la gorge.

– Est-ce que tu pourrais m'aider ? J'ai choisi de peindre des mains, mais je n'arrive pas à dessiner les doigts. Tu veux bien me servir de modèle ?

Il me sourit gentiment :

– Bien sûr !

Il s'installa de l'autre côté de ma table et posa ses mains à plat.

– Comme ça, Beth ?

– C'est parfait, répondis-je.

Je corrigeai mon dessin. Je sentais le regard de Danny sur moi et cela me rendait nerveuse.

– Oh — Oh ! lança Anthony. Ça va, les amoureux ?

Il se mit à imiter le bruit de bisous.

– La ferme, Gonzales ! lui ordonna Danny.

Cela ne fit pas taire Anthony.

– Beth peint son grand amour. Tu m'inviteras au mariage ?

Je rougis comme une tomate :

– Anthony ! Tais-toi !

Danny bondit :

– Tu cherches les ennuis, on dirait !

– Hé ! Ne t'approche pas. Je fais du karaté ! le menaça Anthony.

Danny se jeta sur Anthony, qui roula à terre. Ses lunettes de soleil volèrent à travers la pièce.

– Danny ! Arrête ! hurlai-je.

Ils se donnaient des coups de pieds, leurs poings s'agitaient dans tous les sens.

– Hé ! Vous deux ! s'écria M. Martin, notre prof de dessin.

Il courut les séparer :

– Vous êtes tombés sur la tête ou quoi ?

– Il s'est jeté sans raison sur moi ! protesta Anthony. Il est fou ! Il m'a attaqué !

– C'est faux ! se défendit Danny. Il m'a provoqué.

– Bon, bon, soupira M. Martin. Danny, tu retournes à ta place. Anthony aussi. Si je vous y reprends, vous irez tous les deux droit chez le directeur.

Danny fronça les sourcils et obéit. Anthony ralentit en passant devant moi.

– Tu pourrais dire au revoir à ton petit copain, Beth ! me chuchota-t-il.

– Anthony, tu me dégoûtes, murmurai-je.

– Oh ! Tu es méchante ! Je vais pleurer ! geignit-il.

Je l'entendis se remettre au travail. Je ne pus m'empêcher de me retourner. Il souleva la feuille :

– Tu aimes, Beth ? Je vais l'offrir à Danny. Je sais qu'il cherche une image de sa petite copine pour la coller dans son casier au vestiaire.

Sur le dessin, mon nez coulait de façon répugnante.

« Je te déteste, Anthony. Non, en fait, je te hais de toutes mes forces. »

***

À la fin du cours, je me rendis à la cantine. Dans le couloir, je me retrouvai nez à nez avec Danny.

– Anthony est une véritable plaie ! Il est toujours sur mon dos, dit-il.

– Moi, c'est pareil, fis-je en souriant.

Après tout, Anthony et ses mauvaises blagues me rendaient bien service. N'étais-je pas en train d'en discuter avec Danny ?

– Je peux m'asseoir avec toi à la cantine ? me demanda-t-il. J'ai des idées à te proposer pour le carnaval.

– Bien sûr, répondis-je en me retenant de bondir de joie jusqu'au plafond.

« Génial ! Je vais déjeuner avec le garçon le plus mignon de la classe. Surtout, il faut rester calme et se comporter normalement. »

– Tu sais, Danny…, commençai-je.

Un cri atroce m'interrompit.

– Qu'est-ce que c'est ? balbutiai-je, terrifiée.

Danny désigna la classe de Mlle Gold :

– Ça vient de là !

Un second hurlement nous perça les tympans. Nous nous précipitâmes vers la salle de notre professeur préféré. Mlle Gold, se tenait, pétrifiée, devant le tableau noir, blanche comme un linge.

– Mademoiselle Gold ! hurlai-je. Que se passe-t-il ?

4

Mlle Gold désigna le tableau noir d'une main tremblante. Quatre mots le remplissaient de haut en bas. *Le carnaval est maudit. Le carnaval est maudit* était répété de ligne en ligne.

– C'est complètement fou ! murmura Danny.

– Qui a fait cela ? demandai-je.

– Je ne sais pas, gémit Mlle Gold, au bord des larmes. Je n'ai quitté la pièce que quelques minutes.

Elle avait l'air bouleversée.

– C'est sûrement une mauvaise plaisanterie, ajouta-t-elle.

– Et si ce n'était pas une blague ? chuchotai-je.

Danny me regarda :

– Peut-être que quelqu'un s'apprête à gâcher la fête.

Mlle Gold secoua la tête. Elle semblait moins terrifiée.

– Je ne crois pas, me rassura-t-elle. On essaie juste de nous faire peur.

– Nous allons nettoyer le tableau, proposai-je.

– Oui, approuva Danny.

– Merci, soupira Mlle Gold. Vous êtes gentils.

Je pris une éponge et en tendis une autre à Danny.

Les mots s'imprimèrent dans mon esprit. Je me les répétai comme une ritournelle sans fin. *Le carnaval est maudit. Le carnaval est maudit. Le carnaval est maudit.*

Que signifiaient-ils ? Toute l'école aimait le carnaval. Qui voudrait empêcher son organisation ?

– Alors, Beth ? On joue encore les chouchous ? lança une voix reconnaissable entre mille.

Anthony venait d'entrer dans la salle.

– Quelqu'un a gribouillé sur le tableau. Tu nous aides ? lui demanda Danny.

– J'adorerais. Mais je ne peux pas, dit Anthony. Je suis allergique à la craie. Elle me fait éternuer.

Je m'approchai de lui, l'éponge à la main.

– Ah oui ? On va voir si tu ne mens pas.

Anthony leva les mains :

– Je suis sérieux, Beth. C'est vrai !

Je m'arrêtai net. Les mains d'Anthony étaient couvertes de craie.

5

Anthony cacha aussitôt ses mains derrière son dos.

– Qu'est-ce que tu regardes ? bredouilla-t-il.

– Tes mains sont pleines de craie ! l'accusai-je.

Il recula d'un pas.

– C'est parce que j'ai aidé M. Martin à ranger la classe après le cours de dessin, se défendit-il.

– Oui, c'est ça ! marmonna Danny. Comme si c'était une habitude d'Anthony Gonzales, d'aider un prof !

– Je dois y aller, lança Anthony en quittant précipitamment la pièce.

– Il va se laver les mains ! dit Danny.

– Je suis sûre que c'est lui ! affirmai-je. Il est vexé parce que personne n'a voulu de lui dans le comité d'organisation du carnaval.

– Oui, je parie qu'il est dans le coup ! approuva Danny.

Mlle Gold secoua la tête :

– Anthony est incapable d'une telle méchanceté ! protesta-t-elle. C'est la première fois qu'une chose pareille arrive… Je ne comprends pas. Tous les élèves de cette école sont adorables.

« Pourtant, l'un d'entre eux fait juste semblant d'être gentil ! Qui ? »

Le lendemain, je me réveillai avec difficulté. Amanda, elle, était déjà sur le pied de guerre :

– Aide-moi à classer mes poupées Barbie ! Je voudrais les ranger de la plus belle à la plus moche.

– Amanda ! m'écriai-je, toutes tes poupées sont pareilles.

– C'est faux ! s'insurgea-t-elle. Barbie surfeuse est plus jolie que Barbie à rollers.

– Tu ne veux pas te débrouiller toute seule ? Je dois aller à l'école aujourd'hui, expliquai-je.

– Menteuse ! hurla Amanda. On est samedi.

– Je sais ! C'est pour la préparation du carnaval, précisai-je.

– Mais tu avais juré que tu m'aiderais !

– Pas du tout ! m'exclamai-je, outrée.

– Tu ne tiens pas tes promesses, Beth la Bête.

– C'est parce que je n'en fais jamais, Amanda le Panda.

Je déteste qu'elle m'appelle Beth la Bête. Par contre, Amanda le Panda lui va très bien.

– Tu ne penses qu'à cette fête stupide ! râla Amanda. Comment vais-je faire pour mon œil de bœuf ?

Je tressaillis de dégoût :

– Quoi ? Quel œil de bœuf, Amanda ?

– On doit le dessiner pour le cours de sciences naturelles. Je vais en disséquer un pour voir dedans. Tu avais proposé de m'assister ! prétendit Amanda.

J'essayai de détourner la conversation :

– Où vas-tu trouver un œil de bœuf d'abord ?

– Il attend dans ma chambre depuis une semaine. C'est Teddy Jackson qui me l'a donné, déclara Amanda.

Teddy Jackson était dans la classe d'Amanda. Son père travaillait dans un laboratoire, et Teddy offrait à Amanda des tas d'horreurs qui provenaient de là-bas.

– Je n'en crois pas mes oreilles ! Tu caches un œil de bœuf dans ta chambre depuis une semaine ! lançai-je. Tu t'imagines peut-être que je vais le découper avec toi ? Tu es encore plus dingue que je pensais !

– Et toi tu es encore plus dingue... de Danny Jacobs ! riposta-t-elle.

– Ce n'est pas vrai ! Écoute, je t'aiderai après le carnaval.

– Ça sera trop tard ! geignit-elle.

– Alors, je suis désolée, Amanda.

– Ah ça, tu vas l'être ! Je te le promets, hurla-t-elle en claquant la porte derrière elle.

Je me précipitai à la cuisine pour voir maman. Elle s'y réfugiait toujours quand je me disputais avec Amanda.

– Tout va bien ? demanda-t-elle.

– Pourquoi as-tu eu un autre enfant après moi ? J'aurais été très heureuse d'être fille unique !

Maman secoua la tête :

– Un de ces jours, tu seras contente d'avoir une sœur.

Je ne répondis pas, mais je n'en pensai pas moins. J'avais autre chose en tête.

– Où est l'oiseau blessé, Maman ? Tu es allée chez le vétérinaire ?

– Oui, il a pansé son aile. Je lui ai acheté une cage. Elle se trouve sous le porche.

Je m'y rendis. Il avait à peine touché aux graines que maman avait disposées dans un coin.

– Comment va ton aile ? murmurai-je.

« Pauvre petit, pensai-je. Tu n'as pas l'air en grande forme. »

Je le baptisai Chirpy. Je restai avec lui jusqu'à ce que maman m'appelle.

– On déjeune, Beth. Comment va ton protégé ?

– Pas très bien, répondis-je.

– Attendons encore un peu avant de nous affoler. Amanda, as-tu vu l'oiseau de Beth ? demanda maman.

– Anthony aurait mieux fait de lui rouler dessus, ricana cette peste.

– Comment peux-tu être aussi méchante ? m'exclamai-je.

– Toi, je ne te parle pas, Beth la Bête !

– Ça tombe bien parce que je n'ai aucune envie de t'entendre !

– Les filles, ça suffit ! supplia maman.

Le déjeuner fut plutôt tranquille. Amanda et moi parlions à maman sans nous adresser la parole l'une à l'autre.

– J'aimerais que votre père soit là ! soupira maman.

Papa était en voyage d'affaires.

– À chaque fois qu'il est en déplacement, poursuivit-elle, vous ne faites que vous crêper le chignon.

Après le dessert, je me précipitai dans ma chambre.

J'allais être en retard à l'école. Je cherchais un pull lorsque le téléphone sonna. Je décrochai :

– Allô ?

– *Ne sors pas de chez toi*, menaça une voix étrange à l'autre bout du fil.

Elle était étouffée et presque inaudible. Mon correspondant essayait de la déguiser.

– *Ne sors pas de chez toi,* répéta-t-il. *Ne va surtout pas à l'école. Je t'aurai prévenue !*

6

– Qui est à l'appareil ? demandai-je le cœur battant. Anthony ? C'est toi ?

On raccrocha aussitôt.

Je me laissai tomber, toute tremblante, sur mon lit.

Je ne pus m'empêcher de penser à l'inscription au tableau dans la classe. *Le carnaval est maudit.*

Anthony était-il l'auteur de cette sinistre plaisanterie au téléphone ?

« Difficile à dire », songeai-je.

La voix était trafiquée. N'importe qui aurait pu être à l'autre bout du fil. J'entendis un bruit dans la chambre d'Amanda. Elle riait aux éclats.

« Oh non ! Pas Amanda ! » Ce ne pouvait pas être ma propre sœur, tout de même !

Je sortis de ma chambre en larmes. Je découvris Amanda allongée sur son lit. Elle tenait le téléphone sans fil contre son oreille.

– C'était toi ? hurlai-je, hors de moi.

– Tu ne vois pas que je suis au téléphone ? rétorqua-t-elle.

– C'est toi qui viens de m'appeler sur mon poste en prenant une petite voix stupide ? demandai-je à nouveau.

– Pourquoi le ferais-je ? répliqua-t-elle avec dédain. Quand je veux te parler, je n'ai qu'à frapper contre le mur.

Elle s'adressa ensuite à son correspondant :

– Teddy ? Je te rappelle.

– Menteuse ! Tu ne parles pas avec lui !

– Mais si. Est-ce que tu viens m'aider pour mes Barbies ?

Je la regardai fixement sans répondre. « Elle est folle ! C'est elle. Elle est prête à tout pour que je reste à la maison pour jouer avec elle. »

– Je ne tomberai pas dans le panneau, Amanda ! déclarai-je.

Enjambant quelques poupées qui traînaient sur le sol, je quittai sa chambre.

***

Danny habitait à mi-chemin entre ma maison et l'école. Il m'attendait sur le pas de la porte. Nous avions prévu d'arriver en avance afin de préparer la salle de dessin pour nos camarades.

– J'espère que ce ne sera pas trop long, soupira Danny. J'aimerais bien faire un peu de vélo cet après-midi.

– Bonne idée ! Peut-être pourrions-nous faire une balade ensemble ?

Danny ne répondit pas. M'avait-il entendue ? Voulait-il se promener avec moi ou pas ? Je décidai de ne pas répéter ma proposition.

M. Greaves, le gardien, jouait avec ses clés en patientant devant le portail de l'école.

– Je ferme à quatre heures et demie, nous prévint-il.

– Aucun problème, nous aurons terminé d'ici là, le rassurai-je.

Se trouver à l'école un samedi était très étrange. Les couloirs vides, les salles de classe toutes fermées et plongées dans le noir me rendirent mal à l'aise.

J'avançais en silence en compagnie de Danny. Nos espadrilles couinaient sur le sol. La salle de dessin se situait à l'arrière du bâtiment, au deuxième étage.

La porte était close. Je regardai par la petite lucarne. La pièce paraissait bien sombre.

– Je crois que nous sommes les premiers arrivés, dis-je.

– M. Martin avait promis qu'il serait là. J'espère que la salle n'est pas fermée à clé.

Danny poussa le battant. J'allumai la lumière.

– Non ! sursautai-je, épouvantée. Quelle horreur !

7

J'eus le vertige. Je m'appuyai à la porte pour ne pas chanceler.

– Ce n'est pas possible ! murmura Danny.

La salle avait été saccagée de fond en comble. Les tables et les chaises étaient renversées. Les dessins avaient été arrachés des murs. Le sol était aspergé de peinture. Des feuilles déchirées et du verre brisé gisaient par terre. J'avançai au milieu des détritus.

– On a tout abîmé ! Tout ! bredouillai-je.

Mon estomac se contracta. À ce moment, M. Martin entra d'un pas vif.

– Excusez-moi ! Je suis en retard. Ma voiture n'a pas démarré. Je…

Il s'arrêta net.

– Oh non ! Oh non ! répéta-t-il, atterré.

– Que s'est-il passé ici, M. Martin ? lui demandai-je, à bout de souffle.

– Je n'en ai pas la moindre idée ! Qui ferait une chose pareille ? Aucun élève de la classe, en tout cas.

Soudain, j'aperçus un bout de papier. Il représentait un doigt boudiné. Je reconnus aussitôt mon dessin.

– Je vais devoir le refaire ! me désolai-je.

– Regardez ! s'exclama Danny.

Il désigna une feuille épinglée sur le tableau. Je m'y précipitai.

« Le carnaval est maudit ! » était-il écrit en rouge sang.

M. Martin resta sans voix. Je secouai la tête, horrifiée. « Ce n'est pas un jeu, me dis-je. Quelqu'un essaie vraiment d'empêcher que le carnaval ait lieu. »

– Celui qui a fait ça doit encore se trouver dans l'immeuble, dit Danny entre ses dents. Je vais jeter un coup d'œil dans les parages.

M. Martin posa la main sur le bras de Danny.

– Non ! Ça pourrait être dangereux.

Je regardai autour de moi. Soudain, je le vis. Je poussai un cri :

– Mon Dieu !

– Beth ? Qu'est-ce que tu as ? s'inquiéta Danny.

– Je… c'est… je…, bredouillai-je en le montrant du doigt.

Un seul dessin restait intact sur le mur : l'ignoble portrait qu'Anthony avait fait de moi.

8

Je l'examinai attentivement. On avait ajouté des gouttelettes rouges qui dégoulinaient de ma bouche. Je frissonnai. « On dirait du sang ! »

– Qu'est-ce qui se passe ici ? lança une voix derrière moi.

Je fis volte-face. Anthony pénétrait dans la pièce. Il resta stupéfait en découvrant l'étendue du désastre.

– Qui a fait ça ? bafouilla-t-il.

– Toi ! hurlai-je, à bout de nerfs.

– Tu dis n'importe quoi ! protesta-t-il. Je viens juste d'arriver !

– Alors pourquoi ta peinture n'est pas en mille morceaux ? demandai-je.

Anthony haussa les épaules :

– Comment veux-tu que je le sache ? Peut-être que c'était le seul chef-d'œuvre de la classe !

– Tu n'es pas drôle ! intervint sèchement M. Martin. L'affaire est sérieuse, Anthony. Je vais devoir avertir la police.

La police ? Dans notre école ?

Les élèves arrivèrent les uns après les autres. Tout le monde était choqué. Ils parlaient tous en même temps. Je jetai un regard en coin à Anthony. Même lui semblait bouleversé.

La première fois, on l'avait surpris avec de la craie sur les mains… Maintenant, seul son dessin était épargné. Pourquoi avait-il toujours une excuse ? Était-il responsable de ces affreuses blagues ou disait-il la vérité ?

– On se calme ! cria M. Martin. Nous allons nettoyer cette salle ! Au travail !

Je pris un balai. Tina Crowley s'approcha avec une pelle pour m'aider.

– Il paraît qu'on a écrit la même phrase dans la salle de Mlle Gold. C'est vrai ? chuchota-t-elle.

Je hochai la tête.

– Beth, toi et moi faisons partie du comité. J'ai peur que l'on ne s'attaque à nous la prochaine fois, murmura-t-elle d'une voix tendue.

J'eus la gorge trop nouée pour lui répondre… et peur qu'elle n'ait raison.

***

Le lundi matin, Mlle Gold n'était pas dans son assiette. Elle avait une mine affreuse et semblait très nerveuse. Je fronçai les sourcils. « Ce n'est pas possible d'avoir une tête pareille ! On dirait qu'elle n'a pas dormi de la nuit. »

– M. Martin m'a appris ce qui s'est passé samedi, annonça-t-elle. J'ai décidé de vous libérer ce matin. Vous pouvez aller en salle de dessin préparer vos nouvelles œuvres.

Tout le monde applaudit. Mlle Gold se tourna vers moi et me sourit. Elle savait que j'étais responsable des dessins pour le carnaval.

Je la remerciai avant de suivre mes camarades.

Arrivée à la porte, je me sentis à nouveau mal à l'aise. Je me retournai. Mlle Gold était avachie derrière son bureau. L'air soucieux, elle contemplait sa bague. Puis elle tira dessus sans succès, et approcha le bijou de son visage. Soudain ses lèvres remuèrent... comme si elle lui parlait !

***

– Beth ! m'appela Tina à la fin de la journée. Danny et moi, on a préparé des cookies pour le carnaval. Nous n'avons plus que deux jours ! Tu viens nous aider ?

Je pensais à Amanda qui m'attendait à la maison. Elle allait sans doute me supplier de jouer à la poupée Barbie. Tant pis pour elle ! Je suivis Tina jusqu'à la cantine. Je ne la connaissais pas bien, mais elle semblait sympa. Petite et blonde, elle portait toujours des jupes plissées et des chemisiers au col en dentelle.

Un bol à la main, Danny travaillait déjà.

– Salut, Beth ! Prends une cuillère. La pâte est prête.

Je me lavai les mains.

– Je préchauffe le four, déclara Tina.

Elle mit le thermostat sur 250. J'aidai Danny à verser la pâte dans les moules à gâteaux. Tina glissa la plaque préparée dans le four. Au bout de quelques secondes, je sentis une drôle d'odeur.

– On dirait que ça brûle, Tina !

– Non. Il faut quinze minutes pour cuire les cookies, répondit-elle, perplexe.

– Beth ! Tu as raison ! Ça sent vraiment fort ! s'exclama Danny.

Je me tournai vers le four. Une épaisse fumée noire s'en échappait.

– Que se passe-t-il ? Ce n'est pas normal ! criai-je.

Je pris un torchon et ouvrit la porte. Le four avait pris feu ! Des flammes jaillirent de toutes parts. Je me couvris le visage avec mes mains.

– Au secours ! hurlai-je, paniquée.

9

Tina se précipita vers moi. Elle m'entraîna vivement hors de la cuisine.

– Danny ! hurlai-je. Sors de là !

Je me mis à courir dans le couloir. Je trouvai le boîtier d'alarme d'incendie et tirai sur le levier. Une sonnerie stridente retentit dans toute l'école. Quelqu'un passa à toute vitesse devant moi.

Anthony !

Pourquoi traînait-il dans l'établissement ? Les cours étaient terminés depuis un bon moment. Pour quelle raison n'était-il pas rentré chez lui ?

– Vite ! cria Danny. Venez ! Il faut aller dans la cour.

Nous étions tous les trois à l'extérieur quand la sirène s'arrêta. Des pompiers se précipitèrent dans le bâtiment. Quelques profs et quelques élèves en sortirent en courant. Mlle Gold nous rejoignit dès qu'elle nous aperçut.

– Ça va, tous les trois ?

Chacun hocha la tête en silence.
– Dieu merci, dit-elle, soulagée.
Mlle Gold semblait bouleversée. Elle était très pâle et tremblait comme une feuille. Elle reprit sa respiration avec difficulté.
– J'ai eu très peur quand j'ai entendu l'alarme. Heureusement, peu d'élèves étaient présents. La directrice était en train de vérifier les salles une à une, expliqua-t-elle.
Je vis alors Anthony. Je me précipitai vers lui.
– Anthony ! Tu es toujours sur les lieux quand un incident se produit. Tu ne trouves pas ça étrange ?
Sa figure s'allongea :
– Tu crois vraiment que je suis mêlé à cette affaire ?
– Alors pourquoi tu rôdais autour de la cuisine ? Que faisais-tu ? lançai-je, soupçonneuse.
– Je ne rôdais pas. Il haussa les épaules : mon vestiaire se trouve près de la cantine. Je vous ai vus préparer des cookies. Je voulais vous donner un coup de main, c'est tout.
Je restai bouche bée. Anthony Gonzales proposait son aide !
Tout cela était très troublant. Quelqu'un écrivait « Le carnaval est maudit ! » sur le tableau, et les mains d'Anthony étaient pleines de craie. On détruisait tous les dessins pour le carnaval sauf… le sien. Le feu se déclarait dans la cuisine, et qui se trouvait dans les parages ? Anthony !
Mme Cooke, la directrice, apparut dans la cour :
– L'incendie est maîtrisé. Personne n'a été blessé. Tout va bien.

***

Je rentrai à la maison, complètement désorientée.

Maman et Amanda regardaient les informations à la télévision. Un journaliste interrogeait Mme Cooke à propos de l'incendie.

– Beth ! Ouf ! Tu es saine est sauve ! s'exclama maman en me serrant dans ses bras.

– Tout est rentré dans l'ordre, Maman. Ne t'en fais pas.

Je me rendis sous le porche. Chirpy remua son aile valide quand il me vit.

– Comment te sens-tu ?

Ça n'avait pas l'air d'aller bien. Je lui donnai quelques graines.

– Courage ! Mange. Prends des forces.

J'allai dans ma chambre, plutôt déprimée. Je me laissai tomber sur le lit. Je me sentais épuisée. « Ce n'est pas étonnant, songeai-je. Je viens de passer une semaine complètement folle. »

Un bruit inhabituel attira mon attention. Le cœur battant, je regardai mon placard. C'est de là qu'il provenait.

« Calme-toi, m'ordonnai-je. Ton imagination te joue des tours. N'oublie pas que tu es très tendue en ce moment. »

Les mots « Le carnaval est maudit » me revinrent brutalement à l'esprit.

Quelqu'un m'avait suivie. Et cette personne, cachée dans ma chambre, me voulait du mal.

Prenant mon courage à deux mains, je m'approchai de l'armoire sur la pointe des pieds. J'entendis respirer derrière la cloison.

– Qui est là ? hurlai-je, à bout de nerfs. Qui est là ?

10

La porte de l'armoire se mit à grincer.

– Qui… qui est là ? bafouillai-je.

J'attendis, glacée de peur. Le battant s'ouvrit à la volée et quelqu'un bondit soudain et se jeta sur moi. Je tombai à la renverse sur mon lit.

– Amanda ! criai-je, folle de rage. J'ai failli mourir de peur.

– Je sais. *Je voulais* que tu meures de peur ! déclara-t-elle, satisfaite.

– Pourquoi ?

– Parce que tu ne fais jamais attention à moi, pleurnicha-t-elle.

– Je suis très occupée en ce moment ! répondis-je sèchement. Je n'y peux rien ! Je n'ai pas une seconde à moi !

La bouche d'Amanda se mit à trembler.

– Avant, tu jouais avec moi ! Maintenant, tu te comportes comme si je n'existais pas.

Je soupirai. Elle avait raison ; j'étais tellement prise par l'organisation du carnaval !

– Je suis désolée, Amanda. Tu sais... j'ai un emploi du temps un peu... compliqué ces derniers jours.

– Je sais ! Mais je m'ennuie, soupira-t-elle tristement.

– Amanda, je te promets qu'on jouera aux poupées Barbie dès que le carnaval sera fini. Et nous irons aussi au zoo.

Son visage s'illumina :

– C'est vrai, Beth ? Super !

– Et demain soir, je t'emmène au carnaval, annonçai-je. Tu es contente ?

– Oui.

– Tu ne me feras plus de mauvaises blagues ?

– Non, promit-elle.

Elle referma la porte derrière elle. Je décidai de lire un peu pour me détendre. Je me glissai dans mon lit. Je fronçai les sourcils. Quelque chose m'effleura la jambe.

– Que se passe-t-il encore ? grommelai-je.

Je bougeai ma jambe. Cette fois, je sentis nettement quelque chose de froid contre mon mollet.

Je bondis hors de mon lit et arrachai le drap. Je sursautai, écœurée. L'œil de bœuf d'Amanda !

– Beurk !

Mon estomac se contracta. J'entendis alors des rires étouffés dans la chambre de ma sœur.

– Encore une sale farce d'Amanda ! fulminai-je.

Pourquoi avais-je essayé d'être gentille avec ce monstre ?

– Je n'en reviens pas ! s'extasia Danny, les yeux brillants. C'est déjà le soir du grand jour, et il ne s'est rien passé d'anormal.

Nous étions, Danny, Tina et moi, en chemin pour le gymnase où se déroulerait la fête. Nous transportions les nouveaux dessins pour la décoration de la salle.

« Le carnaval est maudit ! » ne cessais-je de me répéter.

En ouvrant la porte du gymnase, je me secouai. Il fallait que je chasse ces mots de mon esprit.

En posant les dessins, je crus voir une silhouette se faufiler par la sortie de secours.

– Qui est-ce ? m'étonnai-je.

– Où ? Je ne vois personne ! répondit Danny.

– Moi non plus, dit Tina.

Je me forçai à plaisanter :

– J'ai sûrement trop d'imagination ! Ou les nerfs à vif ! C'est au choix !

– Je vais chercher le reste du matériel dans la salle de dessin, annonça Danny.

– N'oublie pas le papier-cache ! lui rappela Tina.

Danny hocha la tête et sortit rapidement.

– Regarde, Beth ! fit Tina, enthousiaste. Les tables sont pleines de victuailles.

J'eus faim en voyant les parts de brownie. Je profitai d'une seconde d'inattention de Tina qui me tourna le dos pour m'emparer d'un gâteau. Je le mâchai discrètement. Soudain, il crissa sous mes dents. Qu'était-ce ? Une noisette ? Non, cela n'en avait pas la saveur. Le goût était amer et plus aigre surtout. Je m'immobilisai. Une chose grouillait sur ma langue. Et elle était *vivante* !

Prise de nausée, je recrachai le brownie.

Je m'agenouillai, les jambes tremblantes. Mon estomac se souleva et je vomis.

11

– Beth ! s'exclama Tina.

Je m'essuyai la bouche du revers de la main. Les yeux écarquillés, Tina regarda les restes de brownie sur le sol. Elle recula d'un pas.

– Quelle horreur ! s'écria-t-elle, dégoûtée.

Je me trouvai encore plus mal en me penchant à mon tour. Des petits vers blanchâtres s'échappaient dans tous les sens.

Je faillis vomir une seconde fois. Je crus sentir encore le contact des asticots sur ma langue. Je me précipitai sur le robinet et me rinçai abondamment la bouche.

Tina vérifia chacun des plats déposés sur les tables :

– Qui a osé ? Qui ?

La nausée me gagna à nouveau. J'avais mangé des vers !

– Qu'allons-nous faire ? demanda Tina, perplexe.

– Avertissons Mlle Gold, proposai-je. Elle saura nous conseiller.

***

Mlle Gold blêmit lorsque je lui racontai l'incident.

– Des vers ! murmura-t-elle, effondrée.

Elle se laissa tomber sur un siège et se cacha le visage entre les mains.

– Je crois qu'il faut annuler le carnaval, déclara-t-elle au bout de quelques secondes.

– Mais… mais… Nous avons travaillé si dur ! protesta Tina.

– Je sais, ma pauvre, acquiesça Mlle Gold.

Elle avait l'air effrayée et ne pouvait contrôler le tremblement qui l'avait gagnée.

– J'ai un mauvais pressentiment, avoua-t-elle.

Tina me jeta un regard consterné.

– Peut-être que Mlle Gold a raison, avançai-je. Beaucoup d'incidents se sont succédé cette semaine. Et ils sont de plus en plus odieux.

– Justement ! Il ne peut rien arriver de pire ! argumenta Tina.

– Tu ne te rends pas compte ! rétorqua sombrement Mlle Gold.

– Que voulez-vous dire ? m'empressai-je de lui demander.

Elle ne put me répondre, car Anthony entra en trombe dans la salle.

– La machine à trempette est en place, annonça-t-il. Danny voudrait l'essayer. Vous voulez voir notre attraction numéro un ?

Mlle Gold fronça les sourcils. Mes yeux furent attirés par sa bague qui scintilla soudain de mille feux.

Mlle Gold surprit mon regard et dissimula vivement sa main.

– Allons-y, Anthony ! décida-t-elle en se levant.

Dès que notre petite troupe arriva au gymnase, Danny nous interpella :

– Salut ! Qui veut jouer ?

La machine à trempette était une petite installation à deux niveaux. Tout en haut, une cible blanche et rouge était fixée à un siège où était assis Danny. Si un lancer de balle de tennis touchait la cible, le siège basculerait et dégringolerait aussitôt dans la cuve remplie d'eau, disposée au niveau du sol.

– J'ai très envie de me rafraîchir un peu ! annonça Danny. Mais Anthony ne me touchera jamais.

– C'est ce qu'on va voir ! répliqua celui-ci en saisissant trois balles.

– Fais attention, Anthony, lui recommanda Mlle Gold.

– Ne vous inquiétez pas, Mademoiselle ! la rassura Anthony. Prêt, Danny ?

– À rester sec ? Oui, bien sûr, Anthony ! plaisanta Danny.

À sa première tentative, Anthony toucha le mur derrière la machine.

– Raté ! s'esclaffa Danny.

– Anthony ! Arrête ! Je n'aime pas ça ! ordonna Mlle Gold.

Elle voulut paraître ferme, mais sa voix chevrota.

– Descends, Danny ! Anthony, pose ces balles ! reprit-elle.

– Ah non ! J'ai encore deux essais !

Il s'élança de toutes ses forces. Cette fois, il toucha la cible en plein cœur. La chaise bascula violemment, et Danny fut précipité dans la cuve.

– Au secours ! hurla-t-il. Au secours !

Il s'agitait dans l'eau, battant désespérément des bras. Je pensai d'abord qu'il s'amusait à nous faire peur, mais son visage, qui apparaissait par instants, me sembla soudain très rouge. Stupéfaite, je vis des volutes de vapeur s'échapper de la cuve.

– Ça brûle ! hoqueta Danny.

Ses yeux se fermèrent. Il cessa de lutter et disparut sous l'eau.

12

Je me ruai vers lui. Mlle Gold, Tina et Anthony se précipitèrent également. L'eau était bouillante ! Je me penchai par-dessus le bord de la cuve.

– Danny ! criai-je. Donne-moi la main.

Il s'était évanoui. Je l'attrapai par les épaules et le tirai de toutes mes forces vers moi.

M. Greaves, le gardien, et son assistant Jerry, alertés par les hurlements, coururent vers nous. Ils m'aidèrent à sortir Danny du bain bouillant et à l'étendre sur le sol.

– Est-ce qu'il respire ? s'alarma Anthony.

Je m'approchai de son visage cramoisi. J'entendis son souffle.

– L'eau était… très chaude ! chuchota-t-il.

– C'est impossible ! répliqua M. Greaves. J'ai mis de l'eau froide, je le jure !

– Emmenez-le à l'infirmerie ! ordonna Mlle Gold.

M. Greaves aida Danny à se relever. Il dut presque le porter, tant il était faible.

– Je suis désolé, s'excusa Anthony, très pâle. Jamais je n'aurais fait ça si j'avais su que l'eau était bouillante.

Mlle Gold frissonna de la tête aux pieds.

– Quelque chose d'horrible va se produire ce soir ! J'en suis sûre ! affirma-t-elle d'une voix caverneuse.

– Comment le savez-vous ? lui demandai-je.

Elle se frotta les tempes comme si elle avait mal à la tête.

– Je le sais, c'est tout, répondit-elle.

– Que faire ? soupirai-je.

Soudain, Mlle Gold secoua la tête. Elle semblait avoir retrouvé ses esprits.

– Beth, dit-elle fermement, viens avec moi. Nous allons chez la directrice. Il faut obtenir l'annulation du carnaval.

***

Dans le bureau, Mme Cooke reposa lentement le combiné du téléphone.

– C'était l'infirmière, murmura-t-elle. Danny va s'en sortir.

Mme Cooke croisa les mains sur son bureau et nous regarda.

– Je comprends votre inquiétude, Mademoiselle Gold, mais il est trop tard pour reporter la soirée.

Aussitôt, les yeux de Mlle Gold se posèrent sur sa bague. Elle garda le silence, mais je vis qu'elle était bouleversée.

– Je vais prévenir le commissariat, reprit Mme Cooke. Ils nous enverront des policiers pour surveiller la fête. C'est tout ce que je peux faire.

Mlle Gold remercia la directrice. Je sortis du bureau en même temps qu'elle. Elle était pâle et apeurée.

– Est-ce que tout va bien, Mademoiselle Gold ? demandai-je, intriguée.

Elle posa sa main sur sa bague. Comme pour la cacher.

Elle jetait autour d'elle des regards affolés. Soudain elle se mit à courir et disparut au coin du couloir.

***

– Je n'ai pas faim, déclara Amanda. Je mangerai à la soirée de l'école tout à l'heure. N'est-ce pas, Beth ?

Je déglutis avec difficulté en pensant aux brownies infestés de vers.

– À ta place, je mangerais quelque chose, Amanda. Je crois que les gâteaux ne sont pas excellents, répondis-je prudemment.

– Beth, m'interpella ma sœur d'un ton soupçonneux. Tu avais promis que tu m'emmènerais ! Tu n'as pas changé d'avis, j'espère ?

– Non, confirmai-je tristement.

Pourtant, une petite voix au fond de moi me prévenait qu'il valait mieux qu'Amanda n'y aille pas.

Oui, mais Amanda me tuerait si je revenais sur ma proposition. Je l'attrapai par le bras :

– Allons-y ! Finissons-en avec cette maudite soirée !

13

– Aucun problème en vue ! annonça Tina d'un ton satisfait. La fête bat son plein ! Mlle Gold s'est inquiétée pour rien.

Amanda et moi venions d'arriver. Nous nous trouvions devant la table chargée de victuailles dont s'occupait Tina. Autour de nous, la foule riait, jouait, s'amusait à tous les stands.

– J'ai jeté tous les gâteaux aux vers, m'informa Tina.

Je cassai un cookie et l'examinai avec précaution. Il me sembla tout à fait normal.

– J'en voudrais deux, réclama Amanda.

– Ça fera un dollar, répondit Tina.

Je payai et entraînai Amanda vers la partie du gymnase où étaient exposés nos dessins. Les parents se pressaient devant pour acheter les œuvres de leurs enfants.

Élisabeth Gordon s'avança vivement vers moi :

– Beth ! C'est ton tour de vendre les billets. Vite ! Il faut te rendre à l'entrée !

Je me tournai vers Amanda :

– Attends-moi ici quelques minutes, d'accord ?

– Je veille sur elle, dit soudain Anthony surgissant d'on ne sait où.

J'hésitai à lui confier Amanda.

« Mieux vaut Anthony que personne », décidai-je finalement.

– Je ne la précipiterai pas dans la machine à trempette. Je te le promets, Beth, ajouta malicieusement Anthony.

Amanda éclata de rire.

– Vas-y, me rassura-t-elle. Je reste avec lui. On ne bougera pas.

***

À l'entrée du gymnase, je notai la présence discrète d'un policier. C'était sans doute un des agents demandés en renfort au commissariat par Mme Cooke.

Je m'occupai des billets tout en jetant régulièrement un coup d'œil vers Amanda. À un moment, je vis qu'Anthony n'était plus près d'elle. « Où est-il encore passé ? » pensai-je avec agacement.

Soudain, la lumière baissa. Instinctivement, je me tournai vers l'entrée. Une grande silhouette revêtue d'une robe longue s'avança sur le seuil. Le visage dissimulé par une capuche, elle pénétra dans le gymnase à pas lents.

« Sans doute une attraction surprise », me dis-je, à moitié convaincue.

– Euh… Un dollar, demandai-je.

La mystérieuse personne ne me prêta aucune attention. J'agitai le billet sous son nez.

– C'est un dollar ! répétai-je, agacée.

Elle leva les deux bras. Je reculai. Les projecteurs s'allumèrent et s'éteignirent comme pour un concert.

Un murmure d'étonnement parcourut le gymnase.

L'orchestre s'arrêta. Un courant d'air froid se glissa dans la salle, me faisant frissonner.

L'étrange silhouette m'écarta brutalement de son chemin.

– Hé ! criai-je. Revenez ! Vous n'avez pas payé !

Quelques spectateurs se retournèrent. La créature tourna sur elle-même, une fois, deux fois… Elle tournoyait de plus en plus vite. Je commençai à avoir le vertige. Il me sembla que le gymnase entier valsait à un rythme effréné.

« Que se passe-t-il ? » pensai-je, terrifiée.

Le plafond, les murs, le sol, tout bougeait devant mes yeux. Je fis un terrible effort pour rester debout.

– Arrêtez-la ! Arrêtez-la ! hurlai-je de toutes mes forces.

14

Les spectateurs semblaient tous pétrifiés. Aucun ne tenta un geste.

– Au secours ! gémis-je faiblement.

Le mystérieux intrus cessa de tournoyer. Ses bras se tendirent vers le ciel. Aussitôt, les portes du gymnase se refermèrent avec fracas. Un murmure bizarre retentit. La rumeur enfla de plus en plus. Bientôt, elle devint un véritable rugissement. J'eus l'impression qu'un avion décollait du sol. Le plancher bougea. Les gens trébuchèrent. Certains tombèrent. Je luttai pour conserver mon équilibre.

– Non ! criai-je. S'il vous plaît !

L'eau déborda de la machine à trempette et elle se répandit sur le sol. En quelques secondes, des flots bouillonnants, envahirent la salle. Les visiteurs, affolés, coururent dans tous les sens. Les chevilles dans l'eau, je cherchai désespérément un endroit où m'abriter. Je vis alors la table chargée de nourriture de Tina.

« Il faut que je monte dessus ! » décidai-je. À la seconde où je me crus sauvée, la table s'enflamma sous mes yeux.

La panique fut générale. Les cris de terreur affluaient de toutes parts. Je m'avançai vers la petite cabine réservée aux joueurs de basket. Elle explosa juste avant que je l'atteigne. Soudain, mon cœur s'arrêta de battre. Je devins blanche comme un linge. Amanda !

« Mon Dieu, Amanda ! Où est-elle ? »

Je plissai les yeux en essayant de l'apercevoir à travers l'épaisse fumée qui avait envahi le gymnase.

– Amanda ! appelai-je. Amanda !

Je m'interrompis et tendis l'oreille. Un nouveau bruit s'ajoutait à la cacophonie. Quelque chose effleura le sommet de ma tête. La terreur me gagna. Telle une ruche géante, le gymnase entier bourdonnait, assiégé par des milliers de guêpes. Les gens poussaient des cris perçants. Les insectes attaquaient, regroupés en d'impressionnants nuages noirs. Un des nombreux essaims fondit droit sur moi.

– Non ! balbutiai-je, épouvantée.

Je me protégeai le visage. Il fallait que je leur échappe à tout prix.

Les guêpes vrombissaient autour de moi. De plus en plus agressives, elles s'abattirent vers ma tête. Je me baissai, je pris de l'eau au creux de mes paumes et la lançai dans leur direction. Mon stratagème réussit ! Elles partirent attaquer ailleurs.

« Pour combien de temps ? » pensai-je, horrifiée.

Je courus vers les portes du gymnase. Un homme frappait de toutes ses forces contre le battant. Impossible de le faire céder.

– Laissez-nous sortir ! hurla-t-il.

Un autre stand explosa à proximité. Je cherchai Amanda des yeux. Soudain je la vis ! Tassée contre le mur, elle s'était recroquevillée sur elle-même.

Des centaines de guêpes, folles furieuses, tournoyaient autour.

Je courus vers elle. Il fallait que je la rejoigne coûte que coûte. Elle avait besoin d'aide. Devant moi surgit alors la silhouette sombre. Rien ne semblait la gêner. Ni les guêpes, ni le sol tremblant, pas même les flammes qui crépitaient un peu partout dans le gymnase. D'un pas tranquille, la créature au visage caché avança droit sur Amanda. Je me précipitai. « Vite, me dis-je, il n'y a pas une seconde à perdre. »

Une table me barrait le passage. Je bondis dessus. Elle prit feu à la seconde où j'en redescendis. L'intrus en cagoule se baissa et attrapa prestement ma petite sœur. Je me jetai de côté pour éviter les flammes, puis m'élançai vers Amanda. Trop tard !

À travers le brouillard gris de fumée, j'aperçus la créature qui emportait Amanda sur son épaule.

15

J'entendis la voix effrayée de ma petite sœur.

– Au secours, Beth ! Au secours ! suppliait-elle.

Je courus en me guidant au son de ses hurlements.

Je discernai la lugubre silhouette à quelques pas devant moi. Je pris mon élan et bondis sur elle. Elle me poussa, me faisant tomber.

« Comment est-ce possible ? » m'étonnai-je en me relevant.

Je criai à pleins poumons :

– Aidez-moi ! On enlève ma sœur !

Je vis un policier accourir dans ma direction. La créature à la capuche se trouvait entre lui et moi.

– Monsieur ! Capturez-la ! Vite !

Le policier se rua sur elle. Aussitôt, elle s'évanouit dans les airs, pour réapparaître dans le dos de l'agent, Amanda toujours en travers de son épaule. Le policier sauta sur elle. Cette fois, elle perdit l'équilibre. Elle lâcha Amanda, qui roula sur le sol. Ma petite sœur se releva et courut vers moi.

– Beth ! sanglota-t-elle dans mes bras.

Le policier immobilisa la créature. Il lui passa les menottes aux poignets. D'un geste sec, il arracha la capuche qui dissimulait son visage.

– Non ! murmurai-je, choquée. Non ! Pas vous !

16

Les cheveux blonds se répandirent sur les épaules. Ils brillèrent comme de la soie sous les projecteurs.

La bague noire étincela de mille feux. Devant moi, se tenait Mlle Gold en personne !

Affolée, elle se lança dans des explications désespérées.

– Ce n'est pas moi ! Je jure que ce n'était pas moi !

« Que veut-elle dire ? » me demandai-je, ébahie. La bague scintilla à nouveau.

La police emmena Mlle Gold hors du gymnase. Elle criait pour se libérer, repoussait les policiers de toutes ses forces. En vain. Je serrai Amanda contre moi.

– C'était donc elle depuis le début ! Tous ces incidents affreux, c'était elle ! Mais pourquoi ? Dans quel but ? Et surtout comment ?

« Les projecteurs fous, le sol inondé, les attaques de guêpes… Tout cela n'est pas… humain ! Mlle Gold est un être diabolique ! » conclus-je en frissonnant.

Je décidai de connaître le fin mot de l'histoire. Il fallait que je sache, même si je devais passer ma vie à enquêter. Mlle Gold était si adorable ! Que s'était-il passé ? Je baissai la tête. Quelque chose brilla sur le sol. Je me penchai, intriguée. La bague noire !

Mlle Gold l'avait-elle perdue en se débattant ? S'en était-elle débarrassée volontairement ?

Je plongeai mes yeux dans la pierre. La face diabolique m'observait. Je ne pus m'en détacher. Et, soudain, j'enfilai la bague à mon doigt.

« Qu'est-ce qui me prend ? » m'étonnai-je.

Je tentai immédiatement de retirer le bijou. Impossible ! Il se resserra autour de mon doigt. Non ! Je tirai de toutes mes forces. La bague semblait collée à ma peau. Je levai la main pour la regarder à la lumière. Mon cœur s'accéléra. La sinistre figure riait aux éclats !

17

– Ça marche toujours, Beth, me rassura maman.

Elle étala du beurre sur mon doigt.

– La graisse fera glisser le bijou, m'expliqua-t-elle.

– Je l'espère, murmurai-je. J'ai déjà essayé l'eau savonneuse, et ça n'a rien donné.

– Ça alors ! Impossible de s'en débarrasser ! soupira maman après plusieurs tentatives. C'est étrange ! On dirait qu'elle est soudée ! Attends, il doit bien y avoir une solution.

Pendant que maman réfléchissait, je fixai la bague. La figure me parut plus hideuse que jamais.

– Tu ne perds rien pour attendre ! Tu vas déguerpir plus vite que tu ne le crois ! marmonnai-je entre mes dents.

Je songeai à Mlle Gold. Elle seule pouvait m'aider.

– Maman ! Beth ! appela Amanda depuis le salon. Venez vite ! Mme Cooke est à la télévision.

« Je présente mes excuses à tous pour cette abominable soirée, disait la directrice. Une de nos enseignantes souffre apparemment de troubles psychologiques qu'elle n'a jamais présentés par le passé. Elle a été transportée à l'hôpital de Marschfield. »

Je regardai maman du coin de l'œil. Jamais elle ne m'autoriserait à rendre visite à Mlle Gold. Pourtant, il fallait que je la voie. Je devais découvrir ce qui lui était arrivé. Maman éteignit la télévision.

– Il est l'heure d'aller se coucher, les filles.

J'allais dire bonsoir à Chirpy sous le porche. Il n'avait, hélas, pas repris beaucoup de forces. Je regagnai la maison en réfléchissant.

« Non, il n'y a pas d'autre solution. J'irai à l'hôpital de Marschfield demain », décidai-je.

Mlle Gold m'aiderait sans doute à ôter cette satanée bague. Et peut-être m'expliquerait-elle les raisons de son incroyable comportement de ces derniers jours.

***

Je m'endormis fort tard cette nuit-là. Mon sommeil fut hanté de cauchemars étranges.

– Il fait noir, murmurai-je malgré moi, si noir…

Je me levai, butai contre le mur. Tout baignait dans un brouillard à couper au couteau, dans lequel se déplaçaient lentement des formes bizarres. Je tendis les bras comme une somnambule. Je touchai la paroi du mur. Elle était aussi molle que du beurre !

« Je suis perdue dans un labyrinthe. Je dois retrouver mon chemin », réalisai-je avec effroi.

Oui, mais quelle direction devais-je prendre ? Où se trouvait la sortie ? Je titubai. Je me frottai les mains : elles étaient enduites de graisse ! Cependant, je vis à nouveau nettement. Je me trouvai dans le gymnase, encerclée par des canards à tête humaine. L'un d'eux était Danny Jacobs, un autre avait les traits de Tina. Un troisième ressemblait étonnamment à Anthony Gonzales.

Je m'approchai et lui tordit le cou. Son sang gicla, tandis que ses plumes s'envolèrent à travers la salle.

– Ha ! Ha ! Ha ! me moquai-je.

Je plongeai la bague dans une mare de sang.

– Cela m'aidera à l'enlever ! Le sang l'ôtera de mon doigt ! caquetai-je.

Je m'éveillai en sursaut. Assise sur mon lit, je regardai par la fenêtre. Le jour se levait.

Quel cauchemar épouvantable ! Je touchai mon visage ; mes joues étaient brûlantes. Ma chemise de nuit trempée de sueur me collait au dos.

« Pourquoi est-ce que je transpire autant ? » me demandai-je, surprise.

Je scrutai la bague. Le visage me nargua. J'eus l'impression qu'il lisait en moi.

– Beth ?

Je sursautai. Amanda se tenait sur le seuil de la porte.

– Qu'est-ce qu'il y a, Amanda ?

– Beth, reprit ma petite sœur. Pourquoi as-tu fait cela ?

– De quoi parles-tu ? m'étonnai-je.

Un flot de lumière éclaira la chambre.

– Oh non ! balbutiai-je, ahurie.

Des plumes volaient dans les airs. Le sol, mon bureau, ma chaise et mon lit en étaient recouverts ! L'oreiller était éventré, comme si un animal sauvage l'avait réduit en pièces.

18

– Beth ! s'exclama maman quand elle vit les dégâts. Qu'est-ce qui te prend ? On dirait que ta chambre a été ravagée par un monstre !

– Ce ne sont que des plumes, bafouillai-je.

Maman examina de près l'oreiller déchiqueté.

– Ça ne te ressemble pas, Beth. Tu n'as jamais agi de la sorte.

« Je sais », pensai-je, désespérée. Je rassemblai mon courage à deux mains :

– Maman, j'ai eu un cauchemar.

Elle me dévisagea d'un air attentif.

– Beth, commença-t-elle, veux-tu que nous parlions du carnaval d'hier soir ?

– Non, lançai-je en quittant précipitamment la pièce, il n'y a rien à dire.

***

En début d'après-midi, je garai mon vélo contre le portail de l'hôpital de Marschfield. J'avisai une infirmière dans le hall d'accueil.

– Où puis-je trouver Mlle Gold ? demandai-je.

Elle secoua la tête :

– Je suis désolée, mais Mlle Gold ne doit pas recevoir de visites. Si vous avez un mot ou un bouquet de fleurs à lui offrir, je les lui transmettrai.

– Mais je suis une de ses élèves, protestai-je.

L'infirmière fronça les sourcils :

– Les visites ne sont pas autorisées. Ce sont les ordres du médecin.

Elle se détourna pour répondre au téléphone. Je jetai un œil dans le couloir. Toutes les portes se ressemblaient.

« Si seulement je connaissais le numéro de sa chambre ! » pensai-je.

L'infirmière reposa le combiné sur le récepteur.

– Veuillez circuler, Mademoiselle ! m'ordonna-t-elle d'une voix sèche.

Je sortis de ma poche une carte postale que j'avais achetée dans le kiosque à journaux du hall. J'y inscrivis mon nom et la tendis à l'infirmière.

– Voulez-vous remettre ceci à Mlle Gold tout de suite ? C'est très important. S'il vous plaît ! suppliai-je.

Elle soupira en m'arrachant le carton des mains et elle s'en fut à petits pas vifs. Je l'épiai discrètement.

Elle pénétra dans la dernière chambre à gauche. Je remarquai qu'une sortie de secours se situait au fond du couloir. Je réfléchis à toute vitesse. « Je parie qu'un escalier extérieur y débouche. »

Je sortis au pas de course et fis le tour du bâtiment. À bout de souffle, je me trouvai devant la sortie de secours… qui desservait le couloir. J'étais à deux pas de Mlle Gold !

Je vis par la lucarne l'infirmière qui regagnait son bureau à l'accueil. Je profitai de ce qu'elle me tournait le dos pour me faufiler à l'intérieur. Je poussai la porte de la chambre où se reposait Mlle Gold. Elle était étendue sur le lit, les rideaux avaient été tirés ; une petite lampe éclairait à peine la pièce. Je refermai derrière moi. Mlle Gold tourna la tête.

– Beth, chuchota-t-elle.

Elle agita la carte que lui avait donnée l'infirmière.

– Merci, dit-elle d'une voix affaiblie.

Elle avait une mine affreuse. Ses yeux bleus, d'habitude si brillants, semblaient gris et vides.

– Que s'est-il passé, Mademoiselle Gold ? Dites-le-moi ! la priai-je.

Son visage demeura inexpressif.

– La nuit dernière… dans le gymnase…, articula-t-elle avec effort.

– Oui, approuvai-je. Pourquoi avez-vous fait ça ?

Le cœur battant, j'attendis sa réponse.

– Je ne sais pas, avoua-t-elle. Je ne peux pas l'expliquer.

– C'est vous qui avez écrit « Le carnaval est maudit » sur le tableau ? Vous qui avez saccagé les dessins ?

– Je... je suppose que oui, Beth. Je n'arrive pas à y croire vraiment, poursuivit-elle.

Je tournai la bague autour de mon doigt :

– Mademoiselle Gold, j'ai ramassé ceci dans le gymnase.

Je levai la main vers elle. La pierre étincela dans la pénombre. Mlle Gold poussa un cri :

– Beth ! Non ! Pourquoi as-tu ce bijou ?

– Mais je vous l'ai dit ! Je l'ai trouvé.

Mlle Gold saisit ma main et tenta d'ôter la bague.

– Enlève-la, Beth ! Enlève-la tout de suite !

– Je n'y arrive pas ! C'est pour cela que je suis venue vous voir !

Elle tira une dernière fois sur le bijou. Épuisée, elle laissa sa main retomber sur le drap.

– Fais disparaître cette chose de ma vue ! Vite ! Débarrasse-t'en le plus rapidement possible ! implora-t-elle d'une voix rauque.

– Mais... Mademoiselle Gold ! bafouillai-je.

Je me mis à trembler. Mlle Gold se souleva dans le lit. Elle semblait hors d'elle.

– Sors d'ici ! hurla-t-elle. Sors ! Et jette cette bague !

Je sortis à reculons et me précipitai dehors. Le soleil printanier calma un peu mon effroi.

Je sautai sur mon vélo et pédalai de toutes mes forces jusqu'à la maison. En chemin, je fredonnai sans cesse la même ritournelle.

– Débarrasse-t'en ! Débarrasse-t'en ! chantai-je en boucle.

Haletante, je jetai mon vélo à terre devant chez moi. J'entrai dans la cuisine. Je regardai la pierre de la bague. La hideuse figure m'observait, ses yeux plongés dans les miens. Je ne pouvais plus m'en détacher. J'étais prisonnière.

Petit à petit, presque malgré moi, je m'apaisai. « Tout va bien, me rassurai-je. Il n'y aucun souci à se faire. Tout va bien. »

Je me détendis. J'étais de nouveau confiante.

« Je me sens beaucoup mieux, remarquai-je, étonnée. Tellement mieux. Je suis si heureuse maintenant ! »

Je me mis à sourire malgré moi. Quelle bague merveilleuse !

19

– Beth ! Tu avais promis ! geignit Amanda sur le chemin de l'école.

Nous étions lundi, quelques jours après la cauchemardesque soirée du carnaval. Amanda avait repris ses bonnes vieilles habitudes.

– D'accord, Amanda ! Nous jouerons à tes stupides poupées Barbie ce soir, déclarai-je.

– Tu ne les toucheras pas si tu les insultes ! cria Amanda.

– D'accord, *stupide* petite fille, vociférai-je.

Je m'arrêtai net. Jamais je n'avais traité Amanda de la sorte. Je haussai les épaules avec humeur.

– Je donnerai à tes jouets de nouveaux noms, poursuivis-je sur le même ton. L'Idiote, l'Abrutie, l'Imbécile…

– C'est faux, pleurnicha Amanda. L'une d'elles est même médecin.

– Alors, celle-là, je la baptiserai Docteur-Sans-Cervelle ! lançai-je.

Je m'aperçus que nous passions devant la maison de Danny Jacobs. Il apparut sur le seuil.

– Hé ! Beth ! appela-t-il, attends-moi.

– Salut, Danny chéri ! minauda Amanda en prenant une voix niaise.

Je la pinçai si fort qu'elle poussa un petit cri puis se tut.

– Je me demande comment va être l'ambiance à l'école, glissa Danny qui nous avait rejointes, après ce qui s'est passé pendant le carnaval.

– Je suppose qu'on va avoir un remplaçant, dis-je.

– Tu as entendu parler de la compétition de vélo de ce week-end ? continua-t-il.

Je secouai la tête.

– Le parcours fait quinze kilomètres. L'épreuve se déroule samedi. Tu veux participer ?

– Et comment ! m'exclamai-je.

Je faillis sauter de joie. J'allais enfin voir Danny Jacobs en dehors de l'école.

– Génial, s'exclama-t-il. J'ai un bulletin d'inscription dans mon cartable. Je te le donnerai quand on sera à l'école !

Soudain, j'entendis dans mon dos un vélo. Les freins crissèrent. Trop tard ! Il m'avait déjà heurtée. Je fis volte-face, furieuse.

– Ça ne va pas, non ? Anthony ! Ça ne pouvait être que toi ! hurlai-je.

– Excuse-moi, Beth, soupira-t-il.

Il n'avait pas l'air désolé du tout. Malgré les lunettes noires qui cachaient ses yeux, je vis qu'il souriait.

– Anthony, tu n'es qu'un gamin ! m'énervai-je. Et tes plaisanteries ne sont pas drôles.

– C'est vrai ! rétorqua-t-il. Je ne suis pas drôle, je suis hilarant.

– Tu participes à la compétition de ce week-end, Anthony ? lui demanda Danny.

– Certainement pas ! Je ne suis pas débile ! Pourquoi ferais-je du vélo sur quinze kilomètres ?

– Moi, j'y serai ! lançai-je.

– Ça ne m'étonne pas. Tu es trop bête, Beth ! ricana Anthony.

Amanda gloussa. Je la pinçai une nouvelle fois. Elle se tut aussitôt.

« Tiens, je devrais le faire plus souvent », pensai-je, très contente de moi.

– Te voilà arrivée, Amanda, annonçai-je en la poussant vers le portail de l'école primaire. À cet après-midi !

– On jouera aux Barbies, d'accord ? fit Amanda tout en se faufilant dans la cour.

– Je savais que tu étais un bébé, mais pas au point de jouer avec des Barbies, se moqua Anthony.

Je rougis jusqu'à la racine des cheveux. Pourquoi m'humiliait-il toujours ? Devant Danny, en plus !

– Bébé Beth ! Bébé Beth ! chantonna Anthony.

Je jetai un coup d'œil à Danny. Il avança de quelques pas pour donner un coup de pied à une pierre, qui roula dans la rue. Devant les grilles du bâtiment, je les laissai entrer tout seuls.

– J'ai dit à Tina que je l'attendrais ici, expliquai-je à Danny.

– D'accord, Beth. À tout à l'heure !

– Salut, Bébé Beth ! ricana Anthony.

J'attendis quelques minutes, puis me dirigeai vers le parking à vélos. Je repérai la bicyclette d'Anthony. Elle était flamboyante sous le soleil. Sa peinture verte, ses chromes étincelants, son guidon brillant. Elle était si bien entretenue !

« Je suis sûre qu'il adore son vélo », pensai-je.

Dommage ! Une onde de colère me traversa. Je me sentis forte comme jamais. Je m'emparai de la chaîne qui attachait le vélo au piquet. Je l'arrachai d'un seul coup de poignet. Je la cassai en mille morceaux, que je jetai au sol.

Je restai stupéfaite quelques secondes. « Ça alors ! On dirait que j'ai une force surhumaine ! »

Je me penchai sur la roue avant et la tordis en deux.

J'écrasai ensuite la roue arrière. J'abandonnai le vélo désarticulé en me frottant les mains.

« Quand Anthony va voir ça ! Lui qui croit que je suis un bébé ! » pensai-je, folle de joie.

Je me retournai une dernière fois vers la bicyclette déglinguée.

« Mais comment ai-je fait ? me demandai-je soudain. Comment ? »

20

La cloche retentit une dernière fois. Je me précipitai en cours. Dans la classe, un homme chauve avec des lunettes attendait que les élèves s'installent. Il avait écrit son nom sur le tableau. « M. Charles. » Il tripota son nœud papillon en grimaçant.

« Super, le nouveau prof ! pensai-je. Ça promet ! »

Je remarquai les lunettes d'Anthony sur sa table. Je profitai de l'agitation générale pour m'en emparer puis je cherchai mon livre le plus lourd. Le manuel d'histoire ferait l'affaire. Je me rendis dans les toilettes et posai les lunettes sur le rebord de la fenêtre. J'abattis le livre de toutes mes forces sur elles. Je ramassai les morceaux et revins en classe. Je m'assurai que personne ne me prêtait attention. Je reposai discrètement les verres brisés sur la table d'Anthony. Celui-ci pénétra dans la salle une fois que tout le monde fut assis. Découvrant ses lunettes cassées, il devint blême.

– Qui a fait cela ? demanda-t-il d'une voix blanche.

Personne ne répondit.

– Quelqu'un a-t-il vu quelque chose ? insista-t-il. Je voudrais…

– Jeune homme, l'interrompit M. Charles. Le cours est commencé.

– Je veux savoir qui a cassé mes lunettes ! riposta-t-il, hors de lui.

– Tu t'en occuperas après la classe, dit fermement M. Charles.

Anthony se laissa tomber sur sa chaise. Il examina avec attention les élèves un à un. Il ne s'arrêta pas une seule seconde sur moi.

Je triomphais en silence. « Bébé Beth est incapable de faire une chose pareille, pas vrai, Anthony ? »

***

J'étais odieuse et cela m'enchantait. Tout m'était possible ! Je faisais ce que je voulais sans me soucier de rien ni de personne.

J'adorais cela. En errant dans le couloir où se trouvaient les vestiaires des élèves, je cherchai une bêtise à faire. Je la trouvai. Un garçon très jeune aux boucles noires sortait des livres de son casier.

« Voilà un vrai bébé », me moquai-je.

Je n'hésitai pas une seconde. Je vérifiai si le couloir était désert, puis je fonçai sur lui. Je le poussai violemment dans son compartiment.

– Hé ! protesta-t-il. Qu'est-ce qui se passe ? Ce n'est pas drôle !

Je refermai la porte. Il frappa de ses poings contre le battant.

– Ouvre ! Ouvre ! Laisse-moi sortir ! cria-t-il.

« C'est ça ! Je vais t'ouvrir tout de suite ! Compte sur moi ! ricanai-je en fermant le verrou. »

21

Je le laissai moisir dedans. Il se plaignit, supplia et tempêta de toutes ses forces. Rien ne m'attendrit. Je ne levai pas le petit doigt. J'éprouvai même un délicieux frisson de joie.

Cette petite plaisanterie m'avait ouvert l'appétit. Je me rendis à la cantine. En attendant mon tour, j'avisai une souris qui furetait près des cuisines. Je la suivis discrètement. J'aboutis à l'office où étaient conservées les provisions. La petite bête se faufila derrière un sac de riz. Je bondis pour l'attraper. « C'est stupéfiant ! m'étonnai-je. Me voilà aussi agile qu'un chat. »

Serrée entre mes doigts, la souris couinait.

– Je parie que tu as faim, murmurai-je. Que dirais-tu d'une petite soupe ?

Je revins sur mes pas et pénétrai de nouveau dans le réfectoire. Je m'assurai que personne ne faisait attention à moi et je jetai prestement le rongeur dans la soupe.

– Bon appétit, les copains ! chuchotai-je, ravie, me postant à côté du comptoir.

Je vis Tina et deux de ses camarades s'avancer. Je me réjouis à l'avance. « Voici mes premières victimes ! »

La dame de service plongea sa louche dans la soupe. Elle la versa dans un bol qu'elle tendit à Tina.

Celle-ci prit son plateau et s'installa à une table. L'air de rien, je m'approchai d'elle. Tina plongea sa cuillère et la porta à ses lèvres. Soudain, la souris couina. Elle était à quelques centimètres de la bouche de Tina !

Le hurlement de Tina stupéfia tout le monde. Pendant quelques secondes, les élèves se figèrent. Je m'esclaffai discrètement. Tina cria une seconde fois.

Cette fois, ce fut la débandade. Le brouhaha se transforma en vacarme. Les cris se multiplièrent aux quatre coins de la salle. Tina et ses amies se levèrent. Elles coururent vers la sortie comme si elles avaient le diable aux trousses.

– Il y a une souris ! Au secours ! s'étrangla une fille en reculant contre un mur.

La panique fut générale. Les dames de service quittèrent leur poste et elles se mirent à chercher frénétiquement la souris. Les plateaux furent abandonnés, les chaises autour des tables renversées. Je savourai le désordre et l'affolement total qui régnaient dans la cantine.

« Je comprends enfin pourquoi Anthony embête sans cesse tout le monde. C'est à mourir de rire ! »

Lorsque je rentrai à la maison, je ne trouvai pas Amanda.

– Où est-elle passée ? marmonnai-je.

Je me rappelai qu'elle devait disputer une partie de football avec des camarades.

« Il n'y a personne ! Maman est au travail, et Amanda sur le terrain de sports. »

Je me rendis dans la chambre de ma petite sœur.

Après tout, ne lui avais-je pas promis de *m'occuper* de ses poupées ?

Elles étaient entassées pêle-mêle sur une étagère au-dessus de son lit.

« Elles ont vraiment besoin d'être arrangées, décidai-je. Ce sera une vraie surprise pour Amanda quand elle rentrera ! »

Je pris la première et l'examinai avec attention.

– Mais cette notre Barbie surfeuse ! ricanai-je. Tu n'auras plus envie de pratiquer ce sport désormais.

J'arrachai sa jambe droite. Crac ! Sa jambe gauche. Crac ! Quel bruit délicieux ! Les bras maintenant. Crac ! Crac !

Je la jetai au sol. Je pris la suivante.

– Bonjour, Docteur Barbie ! la saluai-je. Tu n'exerceras plus la médecine.

Crac ! Crac ! Un frisson de joie me parcourut l'échine.

« J'adore ce bruit ! S'il pouvait ne jamais s'arrêter ! » songeai-je, ravie.

Je souris en contemplant l'étagère.

– Heureusement, tu possèdes beaucoup de poupées, Amanda !

22

« Maman ! Maman ! » hurla Amanda à la seconde où elle pénétra dans sa chambre.

Je restai allongée sur mon lit. J'entendis maman courir dans le couloir.

– Amanda ? Que se passe-t-il, ma chérie ? s'affola-t-elle.

– Regarde ! On a abîmé toutes mes poupées ! sanglotait Amanda.

– Mon Dieu ! balbutia maman. Comment… qui ?

Amanda fit irruption dans ma chambre.

– C'est toi, Beth ! accusa-t-elle.

– Moi ? Je n'ai pas touché à une seule de tes Barbies.

Maman apparut sur le seuil.

– Beth, dit-elle gravement, cela ne te ressemble pas. Pourquoi une telle sauvagerie ?

– Ce n'est pas moi ! hurlai-je. Je n'ai rien fait. Maman fronça les sourcils.

– Alors, qui est-ce ? reprit Amanda en larmes. Tu étais toute seule à la maison cet après-midi.

Maman me regarda droit dans les yeux. Je savais qu'elle avait compris que j'étais responsable du saccage, même si elle avait du mal à y croire.

– Viens, chérie, dit-elle en prenant Amanda par le bras, on va essayer d'arranger ça.

Dès qu'elles sortirent, je m'allongeai de nouveau.

« Pourquoi ? me demandai-je. Pourquoi ai-je cassé ses Barbies ? »

Je me revis les briser une à une. Je repensai à toutes mes méchancetés de la journée. Je n'en comprenais pas la raison.

J'entendis Amanda pleurer. Maman la consolait de son mieux. Je me sentis affreusement mal. Je tremblais de la tête aux pieds.

Je fis la liste de mes méfaits. Le vélo d'Anthony, ses lunettes, la souris dans la soupe de Tina, les poupées de ma petite sœur... Et le garçon enfermé dans le vestiaire !

« Que m'arrive-t-il ? Jamais je ne me suis comportée ainsi », pensai-je, effondrée.

Je levai la main pour la poser sur mon front fiévreux. La bague étincela. Bien sûr ! Comment n'y avais-je pas pensé plus tôt ? C'était elle ! Je scrutai le visage grimaçant dans la pierre. Tout avait commencé quand je l'avais mise à mon doigt. Elle portait malheur ! Elle me poussait à mal agir. Comme Mlle Gold ! Elle qui était adorable... jusqu'à ce qu'elle enfile le maudit bijou...

Elle avait failli nous tuer dans le gymnase ! Mon estomac se souleva à cette pensée. J'eus la nausée.

Et moi ? Qu'allais-je devenir ?

Je tentai de retirer le bijou. Soudain, je m'immobilisai. La figure diabolique me regardait. Je fus incapable de faire le moindre geste. Elle me tenait en son pouvoir. Le visage ricana. La créature avait lu dans mes pensées. Elle m'empêchait de me séparer d'elle. J'eus même l'impression qu'elle me parlait. Ne chuchotait-elle pas à mon oreille ?

« Ce n'est que le début, Beth. Le vrai enfer va bientôt commencer. Et, crois-moi, on va bien s'amuser ! »

23

Je prenais mon petit déjeuner le samedi matin quand Amanda entra à pas lents dans la cuisine. Elle me regarda d'un air méfiant. Je comprenais très bien son inquiétude. Il lui était déjà arrivé tant de mésaventures ! Elle avait trouvé des limaces dans ses spaghetti. Quelqu'un avait remplacé son shampooing préféré par de l'huile.

C'était moi, évidemment !

Je n'admis jamais que j'étais l'auteur de ces mauvaises plaisanteries.

« Je n'y suis pour rien ! » avais-je protesté la main sur le cœur à chaque fois.

Amanda m'observait par-dessus son bol de céréales. Je sentis qu'elle ne savait que penser. Moi-même, je ne le savais plus.

Je ne voulais pas lui faire de mal, mais je n'arrivais pas à m'en empêcher. Amanda avait cependant de la chance. J'étais beaucoup plus méchante avec mes camarades à l'école. Une fille avait amené son nouvel ordinateur et je l'avais inondé de soda. Évidemment, il ne fonctionnait plus. J'avais libéré le hamster de la salle des sciences de sa cage et enfermé dans la pièce un chat. Danny, qui nourrissait le rongeur, l'avait retrouvé déchiqueté sous un bureau. Je me détestais ; pourtant je ne pouvais m'arrêter. Je ne me contrôlais plus. La sinistre figure de la bague me tenait en son pouvoir. Chaque jour, je devenais un peu plus maléfique.

Je finis mes céréales et sortis sous le porche pour donner ses graines à Chirpy. Je vis son aile bandée, j'entendis sa respiration, plus faible que jamais.

– Pauvre petit Chirpy, le plaignis-je. Mange ! Fais un effort !

Danny apparut dans la cour.

– Danny ! m'exclamai-je. Que fais-tu là ?

Il posa sa bicyclette et me fis un grand signe.

– Viens ! cria-t-il. C'est l'heure de la compétition de vélo.

« Non. Je ne dois pas y aller. Et si je me comportais mal ? Et si je blessais quelqu'un ? »

– Vas-y sans moi, Danny. Je suis malade. J'ai un rhume ! prétextai-je.

Il s'approcha à pas vifs. Je compris à son expression qu'il ne m'avait pas crue une seconde.

– Non, Beth, murmura-t-il. Tu n'es pas malade.

Je jetai un rapide coup d'œil sur la bague. Tous les soirs, avant de m'endormir, je regardais, impuissante, la créature qui ricanait.

« Tu ne peux pas m'échapper, Beth ! » jubilait-elle.

« Qui es-tu ? » demandais-je, désespérée.

Elle ne me répondait jamais. Je frissonnai.

– Il faut que tu m'accompagnes, insista Danny. Tout le monde t'attend.

Sa voix me fit revenir subitement à la réalité.

– Qu'ils se débrouillent sans moi ! fis-je.

– Je ne te savais pas si égoïste ! lança Danny.

Je baissai la tête. La bague brilla.

« Vas-y, Beth, m'ordonna-t-elle. Vas-y ! Vas-y ! »

– Très bien, acceptai-je, attends-moi ici, Danny. Je vais me préparer.

En m'habillant, je résolus de combattre le démon : « Je me battrai ! Je ne te laisserai pas gagner. Je résisterai. »

***

Le départ fut donné dans les hauteurs de Marchfield. Je regardai avec angoisse les lacets, les tournants et les pentes raides qui m'attendaient.

– Ça ne sera pas une partie de plaisir, grognai-je.

Parmi les concurrents, j'entendis soudain un bruit familier. Un vélo qui freina juste dans mon dos. Anthony ! Je me retournai. C'était bien lui.

– Je croyais que cette compétition était bonne pour les crétins ? ironisai-je.

– Je le maintiens ! répliqua Anthony. Mais j'ai un nouveau vélo, et je veux qu'on sache que c'est le plus beau.

Je vis la bicyclette flambant neuve. D'un noir brillant, elle semblait plus puissante que la précédente.

– En tout cas, ajouta Anthony, si je trouve la personne qui a saccagé mon ancien vélo, elle va passer un sale quart d'heure. Je n'ai pas peur de ce malade !

Je détournai la tête.

– Félicitations pour ton nouveau joujou ! dis-je sèchement.

Une femme en survêtement porta un sifflet à sa bouche. Le départ allait être donné d'une seconde à l'autre. Pendant qu'elle énumérait les règles de l'épreuve, je restai en arrière pour réfléchir.

Prétentieux comme il était, Anthony allait sûrement prendre la tête du groupe. S'il freinait brusquement, ceux qui suivaient tomberaient sans aucun doute.

Je sentis l'excitation me gagner. Des blessés, des cris, peut-être même un grave accident en perspective ? « Bravo, Beth. À toi de jouer, maintenant ! me dis-je. Sabote ses freins. »

La bague brilla à mon doigt.

« Mais oui, Beth, c'est ça ! Bravo ! »

Je reculai de quelques mètres encore. Le beau vélo d'Anthony était là, appuyé contre un arbre. Je saisis le fil qui commandait les freins. Ce serait si facile de le sectionner d'un seul coup de dents ! Une fois qu'Anthony serait à vitesse maximale sur la pente, il ne pourrait plus ralentir. Il chuterait, et les autres concurrents aussi. Ils tomberaient les uns sur les autres. Ce serait horrible ! Ce serait génial ! Je regardai la sinistre figure dans la pierre. Elle riait à gorge déployée. J'eus l'impression qu'elle m'encourageait. *« Vas-y, Beth ! Vas-y, je suis avec toi ! »*

24

Soudain, mes mains tremblèrent. Je sentis mes doigts se glacer sur le filin. Le froid gagna petit à petit tout mon corps. « Je perds à nouveau les pédales ! » compris-je.

Je me forçai à lutter. Je chassai la tentation de toutes mes forces.

« Non ! me dis-je. Contrôle-toi, Beth ! »

Mais le démon dans la pierre insistait : *« Alors, Beth ! Tu ne veux plus t'amuser ? C'est si facile pourtant ! »*

Je secouai la tête. Je refusai de lui céder. Je repoussai le vélo. « Je ne le ferai pas ! Je ne le ferai pas ! » me répétais-je sans cesse.

La bague me brûlait le doigt. Je détournai les yeux. « Ne la regarde pas ! Ne la regarde pas ! »

Je décidai de me sauver. C'était la seule solution !

Je devais m'éloigner de la bicyclette d'Anthony. Je sautai sur mon vélo et me mis à pédaler comme une folle pour m'éloigner de mes camarades. J'entendis Danny crier :

– Beth ! Où vas-tu ?

Je ne me retournai pas. Un vent violent se leva. Les rafales me repoussaient en arrière. Je combattis la bourrasque en m'arc-boutant sur ma selle. « La créature essaie de me ramener en arrière ! » réalisai-je, épouvantée.

– Non ! hurlai-je. Tu ne m'auras pas !

J'eus du mal à respirer. Je fermai les yeux et avançai autant que je le pus. Enfin, j'arrivai à la maison. À bout de forces, je laissai tomber mon vélo et me précipitai vers le garage.

– Il faut que j'enlève cette bague coûte que coûte ! déclarai-je à haute voix.

En passant sous le porche, je constatai que Chirpy était immobile. Il gisait inanimé au fond de sa cage. Il était mort ! Je le pris dans ma main.

« Ne t'occupe pas de Chirpy, ce n'est pas le moment ! » me dis-je en reprenant mes esprits.

Je le portai néanmoins dans l'atelier et le posai sur le sol. Je m'empressai d'ouvrir la boîte à outils de papa. Je fouillai parmi les clés à molette et les tournevis, et enfin je la trouvai ! Une tenaille !

Je l'attrapai fermement et l'approchai de la bague.

– Je vais te casser en deux ! menaçai-je.

La figure s'embrasa. Elle rougit comme un métal jeté au feu.

– Non ! Tu ne m'en empêcheras pas ! sifflai-je.

La pierre était maintenant rouge sang. Une épaisse fumée s'éleva autour d'elle. Je suffoquai et me mis à tousser. Je lâchai la tenaille pour porter mes mains à ma gorge. En quelques secondes, l'atelier fut noir de fumée. Je ne vis plus rien.

– Au secours ! Je ne peux plus respirer ! criai-je.

Je levai la bague à hauteur de mon visage.

– Arrête ! implorai-je, arrête !

Le bijou me brûlait le doigt. Je fermai une seconde les paupières. Lorsque je les rouvris, je restai stupéfaite. La créature flottait devant moi ! Elle était sortie de la bague. Un fantôme hideux entouré de brouillard sale et gris. Son visage était énorme. Les trous vides à la place des yeux lui donnaient l'air lugubre. Son sourire diabolique me glaça le sang.

Soudain, la créature se rua sur moi, la bouche grande ouverte, prête à m'engloutir.

25

Je reculai de terreur. La fumée me piquait les yeux. La vision de cauchemar flottait toujours dans son halo noir.

– La bague est trop petite ! annonça-t-elle d'une voix caverneuse. J'ai besoin d'un endroit plus accueillant. Un corps humain, par exemple !

– Non ! hurlai-je.

– Tu ne peux pas t'enfuir, Beth ! Tu es à moi ! ulula l'ignoble créature.

Je jetai un coup d'œil vers l'escalier qui menait à la cave. Un rire démoniaque me répondit. Elle avait encore lu dans mes pensées !

– Inutile d'essayer de t'échapper, pauvre Beth ! Je te posséderai comme j'ai possédé Mlle Gold. Lorsque la police l'a capturée, je me suis glissé hors de son doigt. Et je t'ai trouvée, toi ! Tu ne m'as pas déçu ! Tu as fait tout ce que je t'ai demandé. Rassure-toi, ce n'était rien ! J'ai encore des tonnes d'idées.

Le fantôme éclata de rire. Le rire rauque et froid me donna la chair de poule.

– Tu as porté la bague, Beth, maintenant, tu vas me porter, moi ! Ensemble, nous commettrons les pires méfaits.

– Non ! protestai-je, révoltée. Je refuse ! Je me battrai contre toi.

La fumée noire se répandit d'un seul coup tout autour de moi, m'encerclant de toutes parts. Et la figure avança, avança, avança…

Je vis un éclat métallique sur le sol. Une scie ! Je n'avais plus le choix. Il ne me restait qu'une seule solution, je devais me trancher le doigt. Je ramassai vivement la scie. Je respirai une bonne fois. Je l'approchai en tremblant de ma main…

26

Je pressai le métal froid contre ma peau. « Vas-y Beth ! Tu n'as pas le choix ! » m'encourageai-je.

La figure n'était plus qu'à quelques pas. Je tremblais de peur.

« Vite, Beth ! La créature va s'emparer de toi. »

Soudain, j'eus une illumination : « Si le bijou est devenu trop petit, il n'abrite plus le monstre ! Je peux donc l'enlever ! »

En effet, je le glissai facilement hors de mon doigt.

Je regardai autour de moi. Avisant le pauvre Chirpy, je me ruai sur lui et plaçai la bague autour de sa patte. Au-dessus de moi, la figure se contorsionna dans tous les sens. Plus hideuse que jamais, elle poussa un cri affreux.

– Nooon !

Elle s'envola vers le plafond. Soudain, j'eus beaucoup moins froid. Dans le brouillard noir, je vis la créature lutter pour s'éloigner de Chirpy. En vain ; elle était attirée par l'oiseau ! En une seconde, elle fut aspirée par le corps mort. C'était comme si d'un coup d'éventail j'avais chassé le monstre et ses nuages maléfiques ! Je respirai l'air frais avec bonheur. Le cœur battant, j'observai Chirpy. Il eut un sursaut.

« Oh non ! Il va reprendre vie ! » pensai-je, horrifiée.

Je reculai de terreur. Allait-il s'envoler ? Mais Chirpy retomba aussitôt sur le sol. Je m'accroupis près de lui.

« Ai-je réussi ? Ai-je vraiment tué ce monstre ? » m'inquiétai-je.

Je savais qu'il n'y avait qu'une seule façon de s'en assurer. Je pris la bague et l'examinai attentivement. La pierre noire ne dégageait ni reflets bizarres, ni brouillard suspect. Elle était brillante et lisse comme un diamant.

« La créature voulait la vie, pensai-je, et je lui ai donné la mort. »

Je dansai de joie pour fêter ma libération. Haletante, je décidai de ne prendre aucun risque : j'enterrerais Chirpy et la bague derrière la maison.

– Chirpy, chuchotai-je, je suis désolée de ne pas t'avoir guéri et je te remercie de m'avoir sauvée.

Je déposai l'oiseau et la bague dans une petite boîte en bois. Je sortis et creusai derrière le garage. J'y enfouis le cercueil improvisé et fabriquai une croix. « J'expliquerai à maman que c'est la tombe de Chirpy », me dis-je.

***

J'attendis maman et Amanda dans la cuisine. Elles étaient sorties faire des courses. Je pensai à la pauvre Amanda et au week-end terrible que je lui avais fait passer. Je me promis d'être très gentille avec elle.

La portière d'une voiture claqua dans l'allée. C'étaient elles !

Amanda déboula en trombe dans la maison.

– Beth ! hurla-t-elle, surexcitée. Maman m'a offert un cadeau. C'est pour me consoler d'avoir perdu toutes mes Barbies.

Je souris à ma petite sœur :

– Qu'est-ce que c'est, Amanda ?

Elle cacha ses mains derrière son dos.

– Je ne te le dirai pas. Devine ! s'exclama-t-elle en riant.

Elle ne fit pas durer le plaisir longtemps et tendit la main.

– C'est la même que la tienne ! dit-elle fièrement.

Je restai muette de stupeur. Une forme floue bougea dans la bague à la pierre noire passée sur le doigt de ma petite sœur.

Amanda me regarda en plissant les yeux. Son regard devint aussi froid que la glace. Un sourire étrange flotta sur ses lèvres lorsqu'elle chuchota :

– Tu sais, Beth, j'ai vu quelqu'un à l'intérieur.

FIN

EXTRAIT

Et pour avoir encore la

Chair de poule®

lis
ces quelques pages de

Retour au parc de l'horreur

EXTRAIT

Pourquoi Matthieu, Luc et moi sommes-nous revenus au parc de l'Horreur ?

Nous avions juré de ne jamais remettre les pieds dans cet endroit terrifiant, et nous faisions tout pour oublier le jour où nous avions échappé de justesse à cette armée de monstres[1].

Mais six mois plus tard…

C'était une triste journée d'hiver : la pluie crépitait sur la fenêtre du bureau, des rafales de vent faisaient trembler les vitres. J'attendais mon émission préférée à la télé quand, soudain, des doigts glacés se refermèrent sur ma gorge.

---

1. Dans *Le parc de l'Horreur* n° 25 de la série Chair de poule. En visitant le parc de l'Horreur, Matthieu, Luc et Lise ont vécu des aventures effrayantes.

EXTRAIT

– La goule attaque ! gronda une voix rauque.

– Lâche-moi, Luc !

Saisissant ses mains, je desserrai l'étau et repoussai mon frère brutalement.

– Ha, ha ! Cette fois, il t'a bien eue, Lise ! s'esclaffa Matthieu.

Matthieu est le meilleur copain de Luc. Pour lui, mon frère est un type très rigolo, et il rit à toutes ses blagues idiotes.

D'un bond, je me levai du canapé, empoignai Luc et le jetai par terre.

– Pourquoi as-tu les mains si froides ? lui demandai-je, avec rage.

– Je les ai passées au congélateur !

Évidemment, Matthieu trouva cela très drôle et il hurla de rire en se tapant les cuisses.

Existe-t-il quelque chose de plus bête, de plus désespérant, qu'un garçon de dix ans ?

Oui. Deux garçons de dix ans.

– Tu aurais mieux fait d'y mettre la tête ! lui dis-je, tandis que, assise sur sa poitrine, je le maintenais cloué au sol.

– Lâche-moi ! haleta Luc.

– Et puis quoi encore ?

Parfois la bêtise de ces gamins me contamine, et je deviens aussi odieuse qu'eux. Pourtant je suis censée être la plus calme, la plus raisonnable de la famille Morris ! Mais il arrive que mon frère me pousse vraiment à bout.

– S'il te plaît..., me suppliait-il. Je... je peux plus respirer...

Le visage rouge, il se débattait pour se libérer, mais il n'était pas assez fort pour se débarrasser de moi.

– Tu rêves ! C'est le seul moyen que j'ai trouvé pour te calmer, dis-je.

Luc est un garçon très énergique. Il s'agite sans cesse à longueur de journée, et même quand il dort il ne peut pas se tenir tranquille. Il tombe de son lit au moins une fois par nuit !

– Hé ! Arrêtez, tous les deux ! L'émission commence, intervint Matthieu.

Je relâchai mon frère, rentrai mon T-shirt dans mon jean et repris ma place sur le canapé. Je sentais encore les doigts glacés de Luc sur mon cou. Beurk...

Mon frère se releva en rouspétant, se recoiffa, puis s'affala lourdement sur le bras du fauteuil où Matthieu était assis, non sans m'avoir tiré la langue en passant près de moi.

Je lui jetai un regard furieux... Ah, celui-là, quel numéro ! Et dire qu'on se ressemble !

Luc et moi sommes grands et minces, nous avons tous les deux les yeux sombres, les cheveux noirs et raides et la peau pâle. Si je n'avais pas dix centimètres et deux ans de plus que lui, on nous prendrait pour des jumeaux.

– Attention ! cria-t-il en attrapant la tête de son copain à deux mains.

Matthieu gigota pour se délivrer, mais au lieu de se fâcher, il éclata de rire. Eh oui, ce type est incroyable ! Il rigole même quand Luc lui pique ses lunettes et les barbouille de confiture !

Matthieu, lui, est petit et costaud. Avec son visage rond et ses cheveux blonds coupés court, il me fait penser à une chouette bien dodue.

– Arrêtez ! grondai-je. Ça commence.

« Le monde est bien étrange…, déclara une voix profonde et grave. Et il est temps de le démontrer, avec *Les reportages des Strange* ! »

Luc et moi sommes dingues de cette émission, où des gens très bizarres racontent des histoires aussi bizarres qu'eux. Derek et Margo Strange, les présentateurs, sillonnent le monde entier à la recherche des témoignages les plus farfelus.

La semaine dernière, ils avaient déniché un type qui prétendait pouvoir manger n'importe quoi. Et il l'avait prouvé, en décortiquant et en dévorant un vélo devant les caméras de télévision. Sur sa lancée, il voulait s'attaquer à un perroquet vivant, mais les Strange l'avaient arrêté à temps.

EXTRAIT

Un de mes témoignages préférés était celui d'une femme propriétaire de cent chats. Elle les connaissait tous par leur nom, les toilettait avec sa langue, comme une maman chat. Beurk ! C'était vraiment dégoûtant.

– Regarde ce gosse ! s'exclama soudain Luc en montrant l'écran.

Le garçon, qui semblait avoir mon âge, s'appelait Ivan Ross. Il serrait dans une main une boule gluante et verte. « C'est très dangereux, disait Ivan Ross à Margo. Ceux qui ont le malheur d'en manger un tout petit peu se mettent à grandir, grandir… »

« Comment appelez-vous cette chose ? » lui demanda-t-elle.

« Du *Sang de monstre*[1]. »

Margo Strange hocha la tête d'un air grave. Avec son joli visage très sérieux, ses yeux verts, ses lèvres rouges, elle ressemblait à l'agent Scully de la série X-Files.

Margo ne se moquait jamais de ses invités, même s'ils étaient complètement fous.

La caméra fit un gros plan sur le seau en métal posé sur une table, près du garçon. Il était rempli d'une matière verte qui bouillonnait.

---

1. Lire *Sang de monstre* et *Sang de monstre II*, n°s 43 et 48 de la série Chair de poule.

EXTRAIT

« Et vous prétendez, Ivan Ross, que cette chose a le pouvoir de transformer n'importe qui en géant, c'est cela ? »

« Les animaux aussi, répondit le garçon en laissant retomber le morceau de matière verte dans le seau. À l'école, le hamster de notre classe en a mangé. Il s'est transformé en tueur… Un tueur géant ! »

Luc et Matthieu explosèrent de rire.

– Waou ! Un hamster géant ! hurlait mon frère. King Kong Hamster !

Il bondit du fauteuil en grognant et en se frappant la poitrine comme un gorille.

– Ce gars fait son intéressant pour passer à la télé, c'est tout ! commenta Matthieu avec mépris. C'est du baratin.

« Nous avons en notre possession une cassette vidéo, continua Derek Strange. Un élève de l'école d'Ivan a filmé Cocon, le hamster. »

– Arrêtez, je veux voir ça ! déclarai-je en m'approchant de l'écran.

L'image, de mauvaise qualité, montrait un couloir d'école meublé d'une longue rangée d'armoires en fer.

Soudain, on entendit un rugissement pareil à celui d'un lion très, très en colère. Des enfants hurlaient. L'image sursautait, tremblait.

C'est alors qu'une énorme créature à fourrure brune traversa le couloir en grognant. Elle ouvrit la

EXTRAIT

gueule et gronda férocement, tout en balançant ses gigantesques pattes.

« Voici Cocon, expliqua Ivan en essayant de couvrir les cris de l'animal qu'on voyait sur l'écran. Cocon, après avoir mangé du Sang de monstre. »

Le hamster géant remuait son gros nez rose, et ses moustaches claquaient comme des fouets.

Les garçons et moi étions écroulés de rire.

– Ils nous font marcher ! finit par dire Matthieu. Je suis sûr que c'est quelqu'un qui s'est déguisé.

– C'est nul ! Archi-nul ! tonna Luc en roulant par terre.

– Alors, pourquoi regardez-vous ça ? demanda soudain une voix derrière nous.

Maman, debout près de la porte, les bras croisés sur la poitrine, fixait la télé avec un air désapprobateur.

– Vous n'avez rien de plus intéressant à faire ?

– Mais, Maman, c'est drôle ! protestai-je. Tu vois ce garçon ? Il dit qu'il détient une matière verte…

Je ne pus terminer ma phrase, car la sonnette retentit dans l'entrée.

– J'y vais ! criai-je en doublant maman.

J'ouvris la porte.

Je restai pétrifiée de surprise : sur le seuil, Derek et Margo Strange attendaient, un étrange sourire aux lèvres.

EXTRAIT

J'essayai de dire quelque chose, mais aucun mot ne sortit de ma bouche.

Derek Strange me regarda en fronçant les sourcils. Sa femme me sourit. Sa chevelure rousse était plus vive, ses yeux verts plus étincelants qu'à la télé.

– Lise Morris ? demanda-t-elle enfin.

– Comment ? Euh…

– Qui est-ce ? lança maman, qui me rejoignit.

Elle poussa un cri de surprise en reconnaissant les deux visiteurs.

– Madame Morris ? fit Margo.

– Ça alors ! s'exclama maman. Les enfants étaient justement en train de vous regarder à la télévision !

– Sang… Sang de monstre, bredouillai-je.

– Ah, oui, le reportage sur le Sang de monstre, reprit Derek. Nous avons enregistré cette émission à Atlanta il y a quelques semaines.

– Quel garçon étrange, ce Ivan Ross ! commenta son épouse. Il jurait que son histoire était véridique, mais Derek et moi ne l'avons pas vraiment cru.

Elle essuya une goutte de pluie tombée sur son front.

– Entrez, entrez, les invita maman en ouvrant plus grand la porte. Venez vous abriter avant d'être trempés jusqu'aux os.

Derrière eux, j'aperçus une longue voiture blanche garée dans notre allée.

– Je n'arrive pas à croire que vous soyez là, chez moi, dans ma maison ! m'exclamai-je.

– Nous sommes venus exprès de New York en avion pour vous voir, expliqua Margo. Que c'est agréable de retrouver Chicago ! J'aime beaucoup cette ville.

« Pour nous voir ? Mais pour quelle raison ? » me demandai-je.

Maman les conduisit dans le salon :

– Les garçons, nous avons de la visite !

Luc et Matthieu manquèrent de s'évanouir.

Les joues rouges, la bouche ouverte, ils ressemblaient à deux ballons sur le point d'éclater.

EXTRAIT

– Je suis heureuse de constater que vous appréciez notre émission, dit Margo en jetant un œil sur l'écran de télévision.

– Nous voulons vous remercier de votre fidélité, ajouta Derek.

Je le regardai plus attentivement.

Il était assez bel homme, plus grand et plus costaud qu'à la télé.

Avec ses moustaches raides et noires et ses cheveux ondulés, il ressemblait un peu à un acteur. Pourtant quelque chose clochait...

Je réalisai soudain que ce n'étaient pas ses vrais cheveux.

On apercevait les contours d'une perruque ! On aurait dit qu'il avait une fourrure de chat noir posée sur la tête.

– Nous souhaitons vous entretenir d'une chose très importante, commença Margo.

– Asseyez-vous, asseyez-vous, gazouilla maman. Que puis-je vous offrir ? Un café peut-être ?

Margo frissonna et se frotta les bras :

– Oh, oui ! Un café serait le bienvenu par ce temps de chien.

Elle s'assit sur le bord du canapé. Derek s'installa près de sa femme et desserra le nœud de sa cravate.

EXTRAIT

– Je vais vous le préparer, dit maman en se précipitant à la cuisine.

Mon petit frère éteignit la télé :

– Je m'appelle Luc, et voici mon ami Matthieu.

– Nous le savons déjà, répliqua Derek.

Je retins mon souffle. Par quel miracle connaissaient-ils nos noms ? Pourquoi étaient-ils venus de si loin pour nous voir ?

– Que faites-vous ici ? lâcha Luc.

Derek Strange regarda Luc, puis Matthieu. Enfin, ses yeux se posèrent sur moi.

– Des extraterrestres ont atterri dans votre jardin, répondit-il doucement. Ils veulent vous kidnapper tous les trois, vous emmener dans leur vaisseau spatial et réaliser des expériences sur vous. Margo et moi sommes ici pour filmer cet événement.

EXTRAIT

– Pardon ? fis-je, interloquée.

Derek éclata de rire. Margo lança à son époux un regard plein de reproche, puis lui donna un petit coup de coude.

– Tais-toi, Derek ! Ne faites pas attention à lui, il a un sens de l'humour un peu spécial, dit-elle en se tournant vers nous.

– Sans aucun doute, répliqua-t-il, puisque je t'ai épousée !

Et il se mit à rire de plus belle.

Quel drôle de type ! Je ne parvenais pas à détacher les yeux de sa perruque. À la télé, il semblait si jeune, si beau. De près, ce n'était qu'un homme marqué par le temps, à la peau jaunâtre et ridée. J'essayais de me l'imaginer sans sa moumoute quand la voix de Margo me ramena sur terre.

– J'ai cru comprendre que vous aviez visité le parc de l'Horreur il y a quelques mois, dit-elle en rivant ses yeux verts aux miens.

– Oh oui ! C'était effrayant, frissonna Matthieu.

– Non, atroce ! rectifia Luc. Notre voiture est tombée en panne, les monstres qu'on croyait déguisés sont devenus réels[1].

– Comment savez-vous que nous sommes allés là-bas ? demandai-je.

– Nous avons eu entre les mains le rapport de fréquentation du parc, répondit Derek. En vérité, nous l'avons volé… et nous avons trouvé vos noms et votre adresse sur la liste.

– Nous souhaitons réaliser une émission sur le parc de l'Horreur, murmura son épouse. Ou, plus exactement, Derek et moi voudrions vous emmener là-bas et vous filmer.

– Jamais !

Luc et moi avions crié notre refus d'une seule voix.

1. Au parc de l'Horreur, sous des costumes d'employés se cachent de vrais monstres.

EXTRAIT

– Pas question de retourner là-bas ! s'exclama Matthieu en secouant énergiquement la tête.

– Que se passe-t-il ? demanda maman, qui revenait avec le café.

– Ils veulent nous emmener au parc de l'Horreur ! explosa mon frère.

Le visage de maman devint tout pâle. Elle posa le plateau sur la table basse :

– Cet endroit affreux, effrayant... Qui serait assez fou pour avoir envie d'y retourner ?

– Nous avons la conviction que des phénomènes étranges s'y produisent, répondit Margo. Des phénomènes dangereux...

– Les téléspectateurs doivent connaître la vérité, ajouta son mari en se servant une tasse de café. Il faut découvrir pourquoi on déménage ce parc tous les deux ou trois mois. Savez-vous que, depuis quelques semaines, ils se sont installés en Floride ?

– Non, nous n'étions pas au courant, répondit maman.

– Nous voulons savoir ce qui se trame au parc de l'Horreur, continua Derek. Et, éventuellement, le faire fermer définitivement.

– Mais je ne comprends toujours pas pourquoi vous voulez nous y emmener, fis-je, la voix tremblante.

EXTRAIT

– Parce que vous le connaissez, vous savez ce qui vous y attend.

– Mais… mais…, bégayai-je. Ce n'était pas une simple émission de télé avec des monstres ? L'été dernier, c'est ce qu'ils nous ont affirmé.

– Ces créatures vous ont sans doute menti, répondit Margo, très grave. Nous voulons découvrir la vérité, nous…

– Je suis désolée, la coupa maman. Je crains que vous n'ayez fait ce long voyage pour rien. Jamais je n'autoriserai mes enfants à retourner dans ce parc.

Margo Strange posa sa tasse de café.

– Mais ils seront en sécurité, soutint-elle. À aucun moment nous ne les perdrons de vue. Nous serons toujours là, près d'eux, à les filmer discrètement. Pas une seconde ils ne courront de véritable danger.

Maman se mordillait les lèvres.

– Ça m'étonnerait, fit-elle, pensive.

– Nous sommes disposés à vous dédommager… Disons… dix mille dollars ? lâcha Derek. Pour un week-end.

C'est alors que je vis le visage de maman changer, son expression s'adoucir.

EXTRAIT

Papa avait perdu son travail à la banque et, depuis l'automne, il ne travaillait plus qu'à temps partiel. Notre famille avait vraiment besoin de dix mille dollars.

Maman soupira :

– Eh bien... si mon mari et moi vous accompagnons, peut-être que...

– Non, ce n'est pas possible, l'arrêta Margo. Nous devons jouer le rôle des parents.

Maman réfléchit encore :

– Vous êtes certains qu'ils ne courront aucun risque ?

– Absolument, affirma Derek en levant la main comme pour prêter serment. Nous serons toujours près d'eux, à filmer ce qui se passe. Je vous donne ma parole que tout ira bien, madame Morris.

– Eh bien... Il faut que j'en parle à mon mari. Je vais lui téléphoner. Ensuite, nous demanderons leur avis aux enfants, conclut-elle en quittant la pièce.

J'échangeai un regard avec mon frère. Tout laissait croire que nous allions revoir cet abominable endroit.

Je n'aurais pas su dire quel sentiment m'habitait à ce moment-là : horreur, excitation, terreur ?

EXTRAIT

– Matthieu peut-il nous accompagner ? demanda mon frère. Il était avec nous l'été dernier.

– Si ses parents sont d'accord, nous n'y voyons pas d'inconvénient.

– Est-ce que… est-ce que nous referons toutes les attractions ? bredouilla Matthieu.

Les yeux écarquillés derrière ses lunettes, il ressemblait à une chouette effrayée.

– Tu te souviens de la Croisière en cercueil ? lui demanda Luc. Et le toboggan de la Pente du destin ?

– Beurk ! fit Matthieu, dégoûté.

– Nous allons démontrer au monde combien ce parc est dangereux, déclara Margo. Et que les propriétaires sont des personnes complètement irresponsables.

– D'accord, mais serons-nous obligés de passer à tous les stands ? insista Matthieu, d'une petite voix.

Maman revint avant que les Strange ne puissent lui répondre.

– Si vous nous garantissez leur sécurité, nous sommes d'accord, dit-elle en hochant solennellement la tête.

– Ne vous inquiétez pas, madame, la rassura Derek en souriant. Merci de votre coopération.

EXTRAIT

Margo sortit un bâton de rouge à lèvres vif de son sac et s'en appliqua sur la bouche.

– Nous viendrons vous chercher vendredi prochain, fit-elle. Nous prendrons l'avion pour la Floride. À ce moment-là, nous discuterons du plan à suivre.

– Et je vous remettrai le chèque de dix mille dollars, promit Derek en se levant et se tournant vers nous. Vous n'avez pas vraiment peur, n'est-ce pas ?

– C'est-à-dire que..., hésitai-je.

– Certainement pas, déclara Luc. Je n'ai pas peur, et je meurs d'impatience d'y être.

Il fait toujours le courageux, mon frère !

Matthieu ne prononça pas un mot.

– Ça sera super de passer à la télé, lançai-je.

– Ouais, supergénial ! s'excita Luc.

– En effet, vous ne le regretterez pas, soutint Derek en enfilant son manteau.

Nous accompagnâmes les Strange jusqu'à l'entrée pour leur dire au revoir. Matthieu leur promit d'obtenir une autorisation écrite de ses parents, et maman ferma la porte derrière eux. Par la fenêtre de devant, j'observais les Strange qui, sous la pluie, se précipitaient vers leur luxueuse voiture garée dans l'allée.

EXTRAIT

« Je n'arrive pas à y croire, pensai-je. Nous allons retourner au parc de l'Horreur. Quelle histoire ! »

Soudain, mon regard s'arrêta sur Derek Strange. Alors qu'il ouvrait la portière, je crus voir une grosse queue verte dépasser de son manteau.

EXTRAIT

Le vendredi, lorsque Margo et Derek vinrent nous chercher, je ne perdis pas une seconde en bavardage et allai droit au but. Dès que Luc et Matthieu furent installés dans la voiture, je me tournai vers Derek :

– Quand vous nous avez quittés, la dernière fois, je vous ai regardé par la fenêtre. J'ai cru voir une queue verte dépasser de votre manteau, lui dis-je.

L'animateur éclata de rire. Margo, quant à elle, écarquilla les yeux, puis imita son mari.

– C'était une blague ! expliqua-t-il. J'avais oublié qu'elle était encore collée à mon manteau.

– Elle était cousue à la doublure, ajouta sa femme. Il devait porter une cravate blanche et une veste à queue de pie pour une soirée costumée très chic que nous avons filmée.

EXTRAIT

– Alors j'ai pensé que porter une vraie queue serait plus drôle, continua Derek. Et comme nous avions pris cet avion à New York précipitamment, je n'ai pas pensé à l'enlever.

– Ça ne vous a pas inquiétés, j'espère ? Derek et ses blagues… Il a un sens de l'humour très spécial, je vous l'ai déjà dit.

Deux heures plus tard, confortablement installés en première classe, nous nous envolions pour le parc de l'Horreur. C'est alors que les Strange dévoilèrent leur plan.

– Nous allons nous déguiser en touristes, commença Derek. Vous savez, T-shirt, short, chapeau et toute la panoplie. J'aurai un Caméscope. Ils nous prendront pour une famille modèle passant quelques jours de vacances en Floride.

– Sauf que, à l'insu des employés, nous filmerons toutes les monstruosités qu'ils font subir aux visiteurs, ajouta Margo.

Elle soupira en écartant une mèche de ses cheveux roux.

– Malgré nos recherches, nous ignorons l'identité du propriétaire et du directeur du parc, reprit-elle, et pourquoi ils effrayent ainsi les enfants.

– Nous allons bientôt le découvrir, promit son mari. Avec votre aide, le parc de l'Horreur n'aura plus de secret pour nous. Et… nous allons faire une formidable émission !

– À notre retour à la maison, on sera des vedettes de télé ! s'exclama Luc en brandissant un poing triomphant.

– À votre retour ? s'étonna Derek.

Il regarda Luc d'un œil sévère :

– Parce que tu crois sincèrement que tu vas survivre à cette expédition ?

EXTRAIT

Derek n'avait pas l'air de plaisanter.

– Vous avez juré à nos parents de nous protéger, gémit Matthieu.

– Je veux revenir à la maison ! dis-je d'une voix étranglée.

L'animateur éclata de rire.

– Tu n'es pas drôle, Derek, gronda Margo. Arrête ça, tu n'amuses personne.

Je fus soulagée, mais je commençais à trouver ses blagues de mauvais goût.

Un minibus de location nous attendait à notre descente de l'avion. Nous nous entassâmes dedans et prîmes la route pour le parc.

EXTRAIT

Soudain, une immense affiche se dressa devant nous ; deux gigantesques yeux jaunes nous scrutèrent.

Derek ralentit, puis s'arrêta pour nous laisser la regarder. Les bras semblaient sortir du panneau.

– Les employés du parc se font appeler Horreurs, n'est-ce pas ? demanda Margo.

– Oui. Et ce sont de vrais monstres, ajouta Luc.

– Peut-être que ce ne sont que des gens comme toi et moi déguisés en monstres ? intervint Derek.

– Non, insista mon frère. De vrais monstres, je vous assure.

– Bien. C'est une des choses à vérifier : les employés sont-ils des humains ou des monstres ? marmonna Margo en griffonnant sur un petit carnet.

Je frémis en repensant aux Horreurs.

Leur peau était verte, leurs yeux jaunes et exorbités. De doubles cornes noires s'enroulaient sur leurs tempes. Une queue effilée sortait de leur costume. Pour mieux effrayer les gens, elles parlaient toutes d'une voix sèche et rauque.

L'abominable sourire de la créature de l'affiche me donnait envie de faire demi-tour, d'oublier toute cette histoire et de retourner à la maison.

– Ça… ça me rappelle de mauvais souvenirs, bafouilla Matthieu.

EXTRAIT

– Mais non, ça va être super ! tonna Luc.

Et il lut le texte à haute voix :

BIENVENUE AU PARC DE L'HORREUR
OÙ VOS PIRES CAUCHEMARS
DEVIENNENT RÉALITÉ !

Je remarquai une petite pancarte juste en dessous.

CHANGEMENT DE MAUVAIS
PROPRIÉTAIRE

Le minibus s'engagea sur l'étroite route de campagne. Des champs mornes et tristes nous cernaient de toutes parts, s'étendant à perte de vue.

– Nous approchons, lança Derek. Vous êtes prêts, les enfants ?

– Oui ! hurla Luc.

– Margo ? Assure-toi que le Caméscope fonctionne et qu'on a suffisamment de cassettes, continua-t-il.

– Je l'ai déjà vérifié trois fois.

Elle ouvrit malgré tout sa mallette et compta les cassettes.

– Nous y voilà ! déclara Derek en entrant dans le parking.

– Il n'y a pas grand monde, commenta sa femme. Tout juste vingt ou trente voitures.

Dans un silence pesant, Derek gara le minibus.

Prenant une profonde inspiration, je descendis de voiture à la suite des garçons.

Près d'une petite porte ouverte accolée au guichet, une pancarte avertissait le visiteur :

ENTRÉE UNIQUEMENT
SORTIE INTERDITE
ON NE QUITTE PAS VIVANT
LE PARC DE L'HORREUR

– Qu'en dites-vous ? lança l'animateur en nous souriant. Bien, est-ce qu'on a l'air d'une petite famille en vacances ?

Je me tournai vers les Strange et détaillai leur accoutrement. Oui, ils avaient vraiment tout des touristes de base : T-shirt moulant, short trop large, sandales et lunettes de soleil, casquette et tatouage.

Matthieu les examina lui aussi :

– Et s'ils vous reconnaissaient ?

On éclata tous de rire. Dans leur déguisement ridicule, ils n'avaient rien de commun avec les vedettes les plus célèbres de la télévision.

Derek épaula son Caméscope.

EXTRAIT

– Allez, au travail, fit-il d'un air sérieux. Nous avons un programme à respecter.

Et, prenant la tête du convoi, il se dirigea vers le guichet.

Une musique sinistre planait au-dessus de nos têtes, au loin des hurlements horribles retentirent. Mon cœur se mit soudain à battre la chamade, mes mains devinrent glaciales et moites.

Lorsque nous atteignîmes le guichet, une Horreur nous accueillit avec un large sourire.

– Bienvenue au parc de l'Horreur, fit-elle d'une voix rauque.

– Ça a l'air très amusant ! s'exclama Derek. N'est-ce pas, les enfants ?

Nous répondîmes en chœur :

– Oh, oui !

– Chéri, ce parc d'attractions est-il vraiment sûr ? demanda Margo, feignant l'inquiétude.

– Oui, ne vous faites pas de souci, lança l'Horreur. Il est sûr pour nous, les Horreurs !

Puis le monstre éclata de rire et, se penchant en avant, cogna de ses cornes recourbées les barres du guichet.

« Ce parc n'est pas sûr, pensai-je. Il est même dangereux, et c'est pour cela qu'on est là. »

EXTRAIT

Derek acheta cinq billets, puis nous franchîmes le portail.

– Je n'arrive pas à croire que nous sommes de retour ici ! s'écria Luc en bondissant d'excitation.

Je jetai un coup d'œil autour de moi. Des bâtiments lugubres et bas bordaient des sentiers qui partaient dans tous les sens. Deux Horreurs marchaient d'un pas lent et pesant en fredonnant une chanson. Mon regard s'arrêta sur un plan du parc. Au-dessous, on pouvait lire :

SI CETTE CARTE VOUS EST UTILE,
C'EST QUE VOUS ÊTES DÉJÀ PERDU

– Voyons ça, dis-je.

Soudain, j'aperçus une Horreur à l'air féroce fonçant sur nous.

– Wouah ! s'exclama Derek en souriant à la créature. Ce costume est formidable !

Le monstre ne lui rendit pas son sourire. Il fixa le Caméscope en plissant les paupières.

– Qu'est-ce que c'est que ça ?

– Une caméra vidéo ! Nous avons envie d'emporter quelques souvenirs de nos vacances…

Le monstre émit un grognement irrité :

EXTRAIT

– C'est interdit.

Il arracha l'appareil des mains de Derek, le jeta à terre, et l'écrabouilla de son énorme pied vert.

Chair de poule®

1. La malédiction de la momie
2. La nuit des pantins
3. Dangereuses photos
4. Prisonniers du miroir
6. La maison des morts
7. Baignade interdite
8. Le fantôme de la plage
10. La colo de la peur
14. Le pantin maléfique
16. Le fantôme d'à côté
19. Leçon de piano et pièges mortels
21. Terreur sous l'évier
22. La colère de la momie
23. Le retour du masque hanté
24. L'horloge maudite
25. Le parc de l'horreur
26. La fille qui criait au monstre
28. La rue maudite
29. Le fantôme décapité
30. Alerte aux chiens
32. Les fantômes de la colo
36. Jeux de monstres
38. Des appels monstrueux
45. Danger, chat méchant !
46. La bête de la cave
47. L'école hantée
50. La peau du loup-garou
51. Le jumeau diabolique
52. Un film d'horreur
53. L'attaque des spectres
54. La fête infernale
55. L'invasion des extraterrestres, I
56. L'invasion des extraterrestres, II
57. Le manoir de la terreur
58. Cauchemars en série
59. Ne réveillez pas la momie !
60. Un loup-garou dans la maison
61. La bague maléfique
62. Retour au parc de l'Horreur
63. Concentré de cerveau
64. Sous l'œil de l'écorcheur
66. Mort de peur
67. La voiture hantée
68. La fièvre de la pleine lune
69. Kidnappés dans l'espace !
70. L'attaque aux œufs de Mars
71. Frissons en eau trouble
72. Les vacances de l'angoisse
73. La nuit des disparitions
74. Le fantôme du miroir

Imprimé en Espagne par Novoprint